Erasmus Schöfer

Der gläserne Dichter

Erasmus Schöfer

Der gläserne Dichter

Eine Besichtigung

Dittrich Verlag

Bibliografische Information der Deutschen Bibliothek
Die Deutsche Bibliothek verzeichnet diese
Publikation in der Deutschen Nationalbibliografie;
detaillierte bibliografische Daten sind im Internet über
>http://dnb.ddb.de< abrufbar.

ISBN 978-3-937717-38-8

Lektorat: Marita Gleiss
Umschlaggestaltung: Guido Klütsch unter
Verwendung eines Fotos von
Matthias Ropel photocase.com©madochab

www.dittrich-verlag.de

Er war ein Morgenmensch. Einer, der Sonnenaufgänge liebt, das staubfreie frischgeputzte Licht eines jungen Morgens, der einem ein Lied aus der Kehle lockt und das noch unangefochtne Versprechen enthält auf einen schöpferischen Tag – einer Sanduhr gleich –, gefüllt mit den ungezählten Körnern seiner Möglichkeiten.

Als habe die noch rotglühende Sonne, der unbenutzte, unbeschmutzte Tag ihm Kraft verliehen, spürte er eine zur Tat drängende Energie, setzte sich an den Schreibtisch mit Neugier und Lust, in der festen Absicht, an diesem Tag sein Epochenstück mächtig voranzutreiben.

So befand er sich um acht Uhr in seinem Büro, seinem Arbeitszimmer, umgeben von einigen tausend Büchern, kalt geduscht, mit einem Becher Milch im Magen, Milch mit Honig und einem leicht verdaulichen stärkenden Zusatz, Weizenkeime, Blütenpollen, untergerührt, sehr wohlschmeckend.

Seit er vor Jahren festgestellt hatte, dass ein mit Verdauung belasteter Magen dem Hirn das Körperblut entzieht und Schläfrigkeit bewirkt, hat er das Frühstücken an Arbeitstagen seiner Frau überlassen. Olga braucht eine solide Grundlage für den Tag. Sechs Stunden Schulunterricht. Sein Magen ist daran gewöhnt, sich bis in den Nachmittag, ohne störende Hungergefühle an die übergeordnete Steuerzentrale zu melden, mit Getränken zufriedenzugeben.

Aus der Thermoskanne füllte er seinen Becher nach, Tee, mit Honig und Zitrone verfeinert. Da er den Tee, nur in kleinen Schlucken trank, von Zeit zu Zeit am Becher nippend, musste er ihn auch nach dem Ausschütten aus der Kanne warmhalten. Das geschah auf einem tönernen Stövchen, das allerdings nicht wartungsfrei war, weil der Kerzendocht oft eine zu große Flamme erzeugte, die den Boden des Bechers berußte, so dass der Docht mit der Nagelschere gekappt werden musste, oder aber, nach dem Wiederanzünden, so weit runterbrannte, dass der Dochtstummel mit seiner winzigen Flamme den Tee nicht mehr ausreichend erwärmte. Manchmal verlosch die Flamme vollständig, ertrank in einem Tropfen des verflüssigten Wachses, weshalb er das Kerzentöpfchen aus dem Stövchen ziehen, den flüssigen Brennstoff abgießen, den Dochtstummel mit der Nagelscherenspitze ausgraben musste, ehe er ihn wieder anzünden konnte. Das ausgeschüttete und ausgepuhlte Wachs bewahrte er irgendwo zwischen den Stiften Papieren Büchern und Schachteln auf der Schreibtischplatte auf, um es später in den Topf nachzufüllen, wenn der Docht wieder genügend Brennspielraum gewonnen hatte.

Die üppig vor ihm liegenden Stunden gaben ihm die Gelassenheit, erst noch einmal den Brief des Freundes zu lesen, dem Strauß Wiesenblumen das Wasser zu erneuern, einige herumliegende Zeitungsausschnitte zu überfliegen und wegzuschmeißen, die Kadaver der nachts eingedrungenen Eintagsfliegen mit dem Staubtuch vom Schreibtisch zu wischen, seine beim gestrigen Grübeln ausgerauften grauen Haare einzusammeln und dem Aschenbecher zu übergeben, der schon wieder auf der Couch schlafenden Katze das verklebte Auge auszuwischen und über das verstörend gute, aber ungewöhnlich verworrene Buch des Kollegen C. G. nachzudenken, in dem er am Abend gelesen hatte.

Der unausgeleerte Aschenbecher störte zwar noch auf dem Schreibtisch, stand mit seinen krausen Abfällen der lauteren Kunst irgendwie im Weg, aber er entschied, dieses Hindernis vorläufig zu übersehen. Man kann es allerdings kaum Entscheidung nennen, was da in seinem Kopf ablief – er ließ den Aschenbecher auf sich beruhen, ignorierte seinen unterschwelligen Appell zur Reinigung, so wie er eigentlich fast ständig damit zu tun hatte, die leisen Rufe der ihn umgebenden Dinge nach Säuberung oder besserer Ordnung oder Beseitigung nicht an sein Bewusstsein dringen zu lassen oder sie daraus zu verdrängen. Er war umzingelt von ihnen, sie belästigten ihn wie ein Schwarm sirrender Mücken. Nur die in langen Jahren gewonnene Einsicht, dass die Zahl dieser kunstfeindlichen Herausforderungen gegen unendlich tendiert, ließ ihn täglich neu die Kraft finden, die Arbeitsstörer zu verscheuchen und sich für seine eigentliche Aufgabe zu befreien.

Er beobachtete, wie die beiden Krähen aus der Parkplatane den kreisenden Bussard vertrieben. Die Sonne war höhergerutscht, das zwiefältige Spiel von Licht und Wind mit den Dampfgebilden im Rahmen seines Fensters war ein endloser Film der Wandlungen. Und die Vögel dazu, Tauben Elstern Stare Mauersegler Spatzen Meisen Möwen Enten, luftige Schauspieler. Keine Gardine durfte ihm dies eintrittsfreie AugenTheater rauben.

Plötzlich merkte er, dass das Tickgeräusch der Wanduhr sich verändert hatte. Er konnte nicht definieren, ob sie langsamer oder leiser tickte, wusste aber, dass er sie aufziehen musste, um ihr Stehenbleiben zu verhindern. Das war unabweisbar. Also nahm er den altmodischen Schlüssel aus dem Uhrenkasten und drehte ihn mehrfach auf dem Bolzen, der aus dem Zifferblatt ragte. Das leise mechanische Rattern des Uhrwerks beim Spannen der Feder befriedigte ihn. In der Uhr war alles in Ordnung, sie funktionierte hervorragend. Da bemerkte er das Pochen seines Herzens. Ein Angstschatten huschte durch seine Brust. Dieser Maschine durfte er nicht mehr selbstverständlich sicher sein. Die Uhr war älter als er, unsterblich vielleicht, bei entsprechender Wartung. Er nicht. Mehr als ein halbes Jahrhundert auf der Welt hieß: Er hat den Höhepunkt seines Lebens überschritten. Der Weg ist abschüssig. Er muss sich beeilen.

Da der Tee fast ausgetrunken war, beschloss er, doch erst in der Küche seinen Kaffeevorrat zu kochen, um sich später nicht mehr beim Schreiben unterbrechen zu müssen. Als er zurückkam, lag die Katze eingerollt in dem Sonnenfleck auf seinem Manuskript, heftig schnurrend. Er brachte es nicht fertig, sie zu vertreiben. Ihr warmes Fell streichelnd beantwortete er den Anruf des Rundfunkredakteurs, der ihn an den Ablieferungstermin für die verabredete Buchbesprechung erinnerte. Lieber sofort, um den Kopf von dieser Sache frei zu haben, erledigte er die Anrufe bei zwei Redakteuren andrer Sender, denen er die gleiche Rezension angeboten hatte. Die Sekretärin des einen, der verreist war, wusste allerdings von nichts, der andre befand sich in einer Besprechung. Die Sekretärin empfahl einen neuen Versuch in einer Stunde, wollte ihrem Chef aber schon mal eine Notiz hinlegen.

Als es an der Wohnungstür klingelte, fragte er durch das Haustelefon nach dem Urheber des Klingelns und sagte dem Austräger, niemand im Haus brauche Werbung. Der Katze erklärte er, dass trotz aller Liebe nun aber Schluss mit lustig sei, trug sie zur Couch auf ihr Kissen, holte sich den Packen beschriebener Manuskriptblätter lesegerecht vor den Bauch, schob die Blätter auf Kante und nahm den Bleistift in die Hand. Er stellte fest, dass die Mine im Druckbleistift zurückrutschte, also zu kurz geworden war. Auch das Reservoir im Stift war leer, er musste Ersatzminen nachfüllen. Das erneute Klingeln bedeutete den Briefträger. Er öffnete ihm mit der Fernbedienung, aber versagte sich den Gang hinunter zu den Briefkästen, beschwichtigte die aufkeimende Neugier mit der Erfahrung, dass neunzig Prozent seiner Posteingänge Spendenbitten oder Investitionsangebote mit tollen Renditen waren: Containerschiffe Solaranlagen Goldmünzen. Als häuften sich bei ihm die Büchner- Böll- und DöblinPreise.

Er erneuerte noch die Heizkerze im Kaffeewärmer, füllte seinen Becher in der Küche, ein Schuss Sahne dazu, rührte um, schlürfte am Schreibtisch sitzend einen Schluck der vertrauten Gaumenfreude, zündete sich eine Zigarre an, beobachtete die von der Hitze des Getränks angetriebene Faltenbildung auf der Sahnehaut, das Formenspiel der Milchfettmoleküle unter der Leitung jener chaotischen Intelligenz, die ihn auch faszinierte beim Anblick wabernder Wolkenherden, schäumender Meeresbrandung, auch bei den Rauchschlieren aus seiner Havanna, den Wasserläufen und Bergfaltungen aus der Flugperspektive – wo denn noch? wo denn nicht? Die Maserung der Schreibtischplatte und das sich ins immer Feinere verkriechende Faltennetz seiner Handhaut, die irren Schwirrbewegungen der Eintagsfliegen vorm Fenster – wunderbar und zugleich seine Ordnungswünsche mit ihrer Unberechenbarkeit irritierend. Sind das überall und endemisch die gesetzlosen wilden Zustände, die auch in seinem Kopf toben, die ihre Herrschaft aufrecht erhalten, den anmutig geschwungnen Brückenbögen, den kühnen gotischen Kirchtürmen, der harmonisch in seiner Hand liegenden Bleistiftrundung zum

Trotz? Findet sich Schönheit in jenem Grenzbereich, wo chaotische Zustände zusammentreffen mit den regelmäßigen Formen, die menschlicher Geist ihnen entgegenstemmt, um nicht im Chaos zu versinken? Aber doch entwickelt Natur auch noch im wildesten Gewimmel Harmonien – planetarische Systeme im Weltall, Schneesterne Blüten Drusenkristalle, Symmetrien im Makrokosmos wie in den nur im Elektronenmikroskop sichtbaren Mikrostrukturen ihrer Elemente und Kleinstlebewesen, die also offenbar auch vorhanden sind, unabhängig davon, ob eine menschliche Intelligenz sie wahrnimmt. Welch übergeordneter Geist ist da längst vor unsrer Entstehung am Werk gewesen?

Er sah auf der Wanduhr, dass zwei weitere Stunden seines irdischen Daseins ohne sichtbares Ergebnis verflossen waren. Wohin? In den großen Topf, der die Lebensstunden sammelt und zur Spurlosigkeit, zur bleichen Entropie verkocht.

Störend und ärgerlich war die Selbsttätigkeit dieses Hirns – Sinnloses, Unnützes schleppte es mit, pumpte es urplötzlich hoch in die Gegenwärtigkeit wie das *Oh du wunderschöner deutscher Rhein*, das ein paar Besoffne vorgestern im Park bierselig gegröhlt hatten – auf der Lauer schien dieser Klangfetzen in seinem Gedächtnis zu liegen, um bei der leisesten Berührung, ja durch was? einen Ton, ein Wort, aus dem Unterholz seiner Ganglien steil hervorzuspringen und seine vernünftigen Gedanken zu verschlingen.

Unheimlich war ihm die Autonomie dieser Einrichtung seines Körpers, die ihm zu Diensten war oder nicht, ganz nach einem Belieben, welches die Kommandogewalt seines Ich in beschämender Weise relativierte.

Vollends ins Rätselhafte hatte ihn der Bericht einer Freundin gestoßen, die bei einem Autounfall knapp und wunderbar dem Tod entronnen war, aber in den Augenblicken vor diesem anscheinend unausweichlichen Ende in einer irgendwie überirdischen Präsenz ihres ganzen gelebten Lebens mit einem Rausch leuchtender Bilder beschert worden war. Gelegentlich hatte er schon von diesem Phänomen plötzlicher Allgegenwart einer jahrzehntelangen Vergangenheit gelesen, aber dieses existenzielle Abenteuer der Freundin hatte ihm das Gefühl eingeschärft, mit seinem Ich, seiner Person, in einem weltraumähnlichen Kopf herumzuschwirren, von dessen Inhalt und Konstruktion er nicht mehr wusste als die heutige Menschheit von ihrer galaktischen Heimat. Vielleicht hatte der mystisch bewanderte Rationalist Borges sich bei der Erfindung seines *Aleph* von solchen Erfahrungen inspirieren lassen – alle Realitäten der Welt gleichzeitig sichtbar in einem magischen Auge!

Er klopfte die Asche von seiner Zigarre, entzündete sie neu mit dem Feuerzeug. Weshalb das erst beim fünften Mal aufflammte, war auch nicht klar. Wahrscheinlich der Gasdruck zu gering. Er schrieb auf einen Zettel, wo schon Katzenstreu und Milka gekritzelt stand: Gas!

Als ihm der Rauch in die Nase kitzelte, musste er niesen, mehrfach, ein Anfall, bis er mit Hilfe des Taschentuchs die gereizten Schleimhäute freischnauben konnte, was einen kleinen spitzen Schmerz auf dem rechten Nasenflügel auslöste. Der Zeigefinger erspürte eine unbekannte Erhebung auf der Haut. Er holte den doppelseitigen Rasierspiegel aus der Kramschublade des Schreibtischs und entlarvte darin die Erhebung als gerötete, leicht entzündete Talgpore, noch ohne gelben Kopf. Er versuchte, mit dem Nagel des kleinen Fingers den Porenverschluss abzuheben, was misslang. Trotz der erkennbaren Unreife des Pickels und seiner ungünstigen Lage am Übergang des Nasenflügels in die Wange, setzte er nun die zwei Zeigefingernägel dicht neben den Mitesser und drückte und spannte in der Hoffnung, dass der winzige unsichtbare Talgpfropf herausspritze und die Pore freigebe. Vergeblich. Eigentlich hatte er mit diesem Ergebnis schon gerechnet. Er hätte der Entzündung nur noch einige Stunden zur Reifung geben müssen. Durch das Drücken leuchtete die Nase tiefrot. Die Entzündung würde sich nun verschlimmern und länger dauern. Aus den umliegenden Poren waren beim Drücken weißliche Talgwürmer gequollen, was ihn, wie nach einer üppigen Ernte, mit Befriedigung erfüllte. Er wischte sie ins Taschentuch. Im Vergrößerungsspiegel sah er deutlich: Weitere Poren der Nasen- und Wangenhaut waren mit schwärzlichen Punkten versehen und warteten auf ein Ausdrücken dieser Verschlüsse. Er machte sich nun daran, ein halbes Dutzend kleinerer und größerer Würmer zu ernten und hatte das Gefühl, seine Haut von Parasiten zu befreien. Einige allerdings saßen fest, widersetzten sich, würden nun wahrscheinlich erst mit Hilfe einer durch den Quetschreiz verursachten Entzündung herauseitern. Er wunderte sich über die Länge mancher der sich windenden Talgsäulchen, die eilig aus den Poren hervorkrochen, wenn einmal der verhärtete Pfropfen gelöst war. Ihm fiel die Information des Hautarztes ein, dass der Talgdrüsenbeutel seinen Inhalt wie durch eine Düse auf den Druck hin nach außen freigebe, und er erinnerte sich an die Stofftüte, aus deren abgeschnittner Spitze die Bäckerin vor der Erfindung der Spraydosen eine Schlagsahnewurst auf seinen Pflaumenkuchen gedrückt hatte. Unklar blieb allerdings, weshalb die Haut überhaupt Fett in derart überschüssigen Mengen produzierte und in Beuteln ablagerte, ausgerechnet unübersehbar im Gesicht statt zum Beispiel am Bauch, wo sich ohnehin mehr Fett als erwünscht sammelte, aber doch besser versteckt und gleichmäßig verteilt.

Er holte sich den Brockhaus GRI–JAR aus dem Regal. Beim Suchen nach HAU blieb er am Wadi Hadramaut hängen, das im Altertum als Land des Weihrauchs bekannt war und seit 1967 zur Volksrepublik Jemen gehörte. Ob es die inzwischen noch gab, war ihm unklar. Die Häher und Haie konnte er überschlagen und erhielt die beruhigende Auskunft, dass die gefürchtete Hakenwurmkrankheit, über die er hier zum erstenmal informiert wurde, heute durch Pyrantel wirksam bekämpft werden kann.

Dann allerdings sah ihn der Kollege P. H. herausfordernd von der Bildleiste des Lexikons an, mit Sonnenbrille und charakteristischerweise direkt unter der Zeichnung einer Handgranate.

Der Artikel über Haut, lat. Cutis, grch. Derma, war viel zu ausführlich – da hatte offenbar ein Dermatologe seinen Lebensinhalt in Brockhaus' allgemeinverbindliches Konversationslexikon zu drängen versucht, um ihn von der Arbeit abzuhalten. Beim Überfliegen fand er die Talgdrüsen. Sie sollten wie Haarfollikel und Schweißdrüsen zu den Hautanhangsgebilden gehören, was ihm überhaupt nichts sagte. In der Querschnittszeichnung gab es zwar unter 13 einen Schweißdrüsenausführungsgang und unter 8 eine Haarzwiebel zu sehn, eine Talgdrüse aber war nicht eingezeichnet. Obwohl die Redaktion 1979 nichts Eiligeres zu tun gehabt hatte, als dem damals noch völlig unreifen Bürgerschreck P. H. einen Artikel mit Foto zu widmen. Nur weil der die Chuzpe gehabt hatte, sein Publikum zu beschimpfen statt ihm gefallen zu wollen.

Er klappte den Band zu, ohne weiter die Untergründe der Menschenhaut zu studieren, zündete die Zigarre wieder an und stellte fest, dass er gestern nur sechseinhalb Zeilen zu Papier gebracht hatte. Beschämend. Eine vage Scheu hielt ihn davon ab, das Geschriebene kritisch zu untersuchen. Die frisch eingeflognen Mauersegler schrien wirklich aufdringlich schrill, wenn der Schwarm wieder und wieder wie eine Horde freigelassner Schulkinder vor seinem Fenster vorbeitobte. Er schenkte sich das letzte Stück Milchschokolade aus der Kramschublade und putzte den Fingerfleck vom linken Brillenglas.

Dann begann er zu lesen. Er ging eine Seite zurück und wurde gleich festgehalten von einer ärgerlichen stilistischen Doublette, die er gestern nicht bemerkt hatte. Er reparierte die beiden Sätze mit Hilfe des *Deutschen Wortschatzes nach Sachgruppen*, da ihm selbst keine passende Alternative einfiel. Weiterlesend stieß er auf einen viel zu langen, unübersichtlichen, ihm zuerst sogar unverständlichen Satz. Erst allmählich vergegenwärtigte sich ihm das Gemeinte, so dass er versuchen konnte, eine klarere Formulierung zu finden. Er wunderte sich, dass ihm auch diese misslungene Stelle gestern nicht anstößig erschienen war. Offenbar wirklich ein mieser Tag. Oder er hatte da noch nicht den Abstand zum Text, den die später geschriebenen Zeilen für ihn jetzt hergestellt hatten. Die jedenfalls schienen ihm passabel. Nur fand er den schon gedachten Anschluss nicht wieder, den er im Kopf gehabt hatte, als überraschend der bayrische Kollege anrief, zornbebend, weil G. V. eben zum drittenmal den *Literaturschatz* bekommen hatte, vierundzwanzigtausend Mark, während ihnen beiden dieses begehrte Jahresstipendium zum dritten bzw. viertenmal abgelehnt worden war mit einem vorgedruckten Schreiben! Obwohl sie jedes Jahr ihren Stolz niedergekämpft und ein völlig neues Projekt eingereicht hatten. Sie waren sich einig in ihrer Empörung über die offensichtliche Benachteiligung ihrer Arbeit durch die öffentlichkeitshörige Jury und auch über die Statuten des Schatzes, die es erlaubten, einzelne Autoren so unverhältnismäßig oft mit Fördermitteln zu überschütten, weil es angeblich nur nach der Qualität der eingereichten Projekte ging. Wäre dies tatsächlich das maßgebliche Kriterium, hätten die Großverdiener G. G. oder H. M. E. jedes Jahr den Schatz erhalten müssen, wenn sie die Unverschämtheit besäßen, ihn mit einem eignen Projekt zu beantragen, denn offenbar war ja alles, was sie produzierten, preiswürdig und erreichte, zumindest kurzfristig, den Zenit der literarischen Werteskala.

Er würde den Unsinn dieser Verschleuderung von Steuergeldern öffentlich anprangern, im Interesse der vielen Kollegen mit gleichen Erfahrungen. Kein Mangel an Bissigkeiten von schneidender Schärfe, die Praxis der schatzhütenden Drachen in der Luft zu zerfetzen. Da aber seine Anträge so kaltschnäuzig abgebügelt worden waren, geriete er natürlich in den Geruch des mäkelnden Zukurzgekommenen, ganz davon abgesehen, dass er dann bei den selbstgefälligen Juroren endgültig verspielt hätte. Der bayrische Freund riet ihm nachdrücklich von einem solchen Husarenritt ab.

Er hatte errechnet, dass dieser Günstling G. V. allein durch den dreifachen Litschatz einen Marktvorteil von rund siebzigtausend Mark ihnen gegenüber erhielt, ganz zu schweigen von den andern Preisen, die er offenbar magnetisch oder magisch anzog. Kein Wunder, dass der jedes Jahr ein Buch rausbringen konnte. Wenn die Bücher wenigstens erkennbar überragend gewesen wären. Der bayrische Kollege kennzeichnete sie treffend als Schmarrn.

Während des Telefonats konnte er keine Stichworte über den schon angedachten Fortgang des

Textes notieren, so heftig hatte ihn der Groll über diese Benachteiligung, über sein Schicksal im Schatten der großen Gelegenheiten überfallen, und so ätzend füllten die Bilder der scheinheiligen Preisverleihungen, zu denen er manchmal als lebendes Dekorationsstück geladen worden war, nun wieder seinen Kopf, da er den verlorenen Anschluss suchte.

Er musste den vertrackten Denkzwang, gegen den er aus eigner Kraft nicht ankam, erst neutralisieren, indem er den Mülleimer auf den Hof trug und den Briefkasten leerte. Die Körperbewegung schaffte die Säuberung. Da die Post tatsächlich nur aus Werbedrucksachen und spendenheischenden Mitteilungen karitativer Organisationen zu bestehen schien, war sie kein Anlass zu weiterer Irritation. Der Morgen war allerdings nun bereits stark verbraucht, wie er mit einem Anflug von Panik feststellte.

Er zog einen frischen Zahnstocher aus der Schachtel, prüfte alle Zahnlücken durch, nichts zu finden, biss auf der hölzernen Spitze herum, kaute sie zu einem fasrigen Holzbrei. Es wurde notwendig, die feinen Splitter, die sich störend zwischen Kronenränder und Zahnfleisch geschoben hatten, mit der Zunge zusammenzusuchen, um sie auf die Lippen befördern und mit der Fingerspitze absammeln zu können. Er zerbiss den halben Zahnstocher, schnippte den Rest in den Aschenbecher zu den Splittern.

Halb eins. Zwei Zahnstocher zerbissen, eine Zigarre verraucht und drei Zeilen Worte repariert. In vier Stunden. Vor dem Fenster reife Frühlingssonne. Die Blätter an den Parkbäumen schimmerten hell in den unterschiedlichen Grüntönen ihrer Jugend, eben aufgebrochen, erste Tage ihres Lebens. Der erstaunlichste, der zarteste und mutigste Monat des Jahres.

Der blieb auch nicht. Nichts war festzuhalten. Ein Schluck Wein, der über die Zunge rann. Abschiedstrauer zunehmend in den jährlichen Aufbrüchen der Natur, verschattete Freude, melancholieverwandte Frühlingsfarben. Für Wörter die lebendige Schönheit verpasst. Wie oft das brausende Leben versäumt, wegen einer selbstverordneten Schöpfungspflicht! Wie viele Jahre! Aber was ist das wirkliche Leben? Das draußen? Oder der schwangere formsuchende Brei im Kopf, der zu einer Kunst drängt, auf die keiner wartet? Lieber doch teilnehmen an den geschenkten Festgaben der Sonne –

Er packte seine Blätter Bleistift Radiergummi zusammen, verlagerte seinen Arbeitsplatz auf den Balkon. Ergeben ließ er die Wohltat die Wärme in die Haut sickern, nichts war ihm jetzt gleichgültiger als das Ozonloch. Seine Tagesaufgabe verblasste im Sonnenbad, er sicherte den Blätterstapel trotz Windstille mit der Tasse, legte den Stift aus der Hand. Je eindringlicher er die Hitze in seinem Körper spürte, je mehr Kleidungsstücke zog er aus. Bis er nackt platt auf der Sisalmatte lag, die Augen geschlossen, das Funkengestöber der Sonne hinter den Lidern und Empfindungen frommer Dankbarkeit, alle Krämpfe lösende Entspannung, die sein

Hirn leerwischte von Gedanken, sie verwandelte in Bilder und Farben, fließende Übergänge ohne Abgrenzungen. Der Körper füllte sich mit einem dumpfen Wohlgefühl und die Schwerkraft zog in den Boden, wie um diesen noch zusammengehaltenen Leib zu schmelzen, zu erlösen – so könnte Sterben sein, so warm, so gewaltlos: ein Rücksinken in die Herkunft – wie damals, unvergessliche Erinnerung, bei seinem Vater, der sich ins Bett gelegt hat mit der Absicht zu sterben, fünfundachtzig Jahre gelebt und gesund, nur müde unersättlich müde, die Mutter hat den Wunsch angenommen, seine ausgedörrte Hand in ihre, er hat die Augen geschlossen nicht gegessen getrunken drei Tage lang auf dem Weg hinüber, dann hielt das Herz an, verstummte unmerklich, so was wäre gut, der Übergang ins Nirwana leidlos ohne Grenze.

Im Schlaf könnte der Tod wohl schmerzfrei geschehn. Unversehens. Beiläufig. Ohne zerreißenden Abschied.

Der Schlaf! Der Tröster. Der Erlöser, oft freundlich vertraut. Aber raubt ihn auch unwillkommen aus seinen Weltwanderungen am Schreibtisch, aus den suchenden Oszillationen der Neuronen in seinen Hirnfeldern, da er sie zu formen versucht, festzuschreiben in verständlichen und sinnvollen Sätzen.

Der die Schallmauer durchbrechende Düsenjäger schreckte ihn auf, benommen taumelte er hoch, warf sich im Bad kaltes Wasser ins Gesicht. Zurück zum Schreibtisch mit dem Manuskript, vollgesogen, entspannt. Energiegeladen. Er las erneut die letzte Zeile des Textes. Dabei schnappte die vorgedachte Weiterführung zurück in sein Wachbewusstsein, lag wie durchs Fenster geflogen zum Greifen vor ihm. Nur noch hinzuschreiben brauchte er sie. Auszuformulieren und hinzuschreiben, genauer gesagt. Die Gegenwart des Gedankens im Bewusstsein bedeutete nicht, dass er schon in Worte gefasst war. Die Wortlosigkeit enthielt den Gedanken wie eine elektrisch geladene Wolke den Blitz – er musste ihn erst auslösen durch den Prozess des Gestaltens, wobei das amorphe Gebilde sich meist als glitschig erwies und jeden Augenblick zurückflutschen konnte in sein unscharfes latentes Dasein, während er noch die Formulierung abprüfte und verglich mit einer zweiten einer dritten, die womöglich den Embryo haltbarer, angemessener entwickelte, aber auch die Gefahr mit sich brachte, ihn in eine abdriftende, ins Falsche führende Gestalt zu drängen – (was alles zu geschehen hatte, ehe die Hand mit hingeschriebenen Worten eine Feststellung verursachte). Also musste er in seinem Denkapparat mehrere ähnliche Fassungen des Gedankens gegenwärtig halten, teilweise miteinander verknüpfen oder austauschen, bis er wirklich die Niederschrift wagen konnte. Schwarz auf Weiß, im Licht des Tages, erschien der Gedanke erst wirklich und konnte distanzierter betrachtet werden, weil er nun zumindest gegen das Verrutschen halbwegs gesichert war. Er verhärtete schnell, indem die andern möglichen Ausprägungen ins Schemenhafte zurückglitten, zumal er eine Neigung in sich trug, von sich weg nach vorn in den nächsten Gedanken zu drängen. Er musste aber doch noch weiter geschmeidig gehalten werden, um seiner bestmöglichen Wortgebung willen, die mit dem hinschreibenden Verankern oft noch nicht erreicht war und sich aus der Mikroskopie des Satzes auch nicht unbedingt erkennen ließ, sondern sich erst aus den folgenden Sätzen und vielleicht dem Umfeld einer ganzen Seite ergab.

Überraschungen waren immer möglich. Eine SatzSuite konnte glänzender, genauer scheinen als die ursprünglich anvisierten Gedanken. Dann musste er sich erst daran gewöhnen, sie als seine eigne zu betrachten. So konnten unvermutet, unverlangt auftauchende Wörter zum Jungbrunnen eines Gedankens werden, den er eigentlich als abgenutzt und ausgeleiert schon hatte zurückweisen wollen. Manche Wörterfolgen, die offenbar in solcher Schönheit oder Überzeugungskraft noch nie zuvor auf Papier gestanden hatten, luden ihn ein, seine Seele in ihnen zu baden. Oder er lernte aus ihnen. Manchmal war er sicher, dass der eigentlich gemeinte Gedanke nicht richtig in den gefundenen Worten des Satzes erschien, aber er konnte ihn nicht genauer fassen, wie er sich so irgendwo listig verbarg und ihn herausforderte – aufblitzte – abtauchte. Fatales verrätseltes Spiel.

Die stärkste Energieentfaltung war am Anfang nötig, um jene Spannung zu erzeugen, jenes Potential, das die innere Richtung auf den ungefestigten Gedanken ermöglichte, das erlaubte, ihn lange genug im Visier, in der Absicht zu halten, um ihn zu treffen. Deutlichstes Zeichen, dass diese Anstrengung auf einem materiellen, chemoelektrischen Vorgang beruhte, war die – völlig sinnlose – Erzeugung von Schweiß in den Drüsen seiner Achseln, die mit dem Denkprozess in Gang kam, als wäre er dabei, Holz zu hacken oder einen Berg zu ersteigen. Noch törichter der Schwitzort – dachte einer denn mit dem Oberkörper? Warum erschienen die Salztränen nicht am Ort der tatsächlichen Plackerei – auf der Stirn? Wie üppig seine Kopfhaut schwitzen konnte, erlebte er bei jedem Saunagang, aber am Schreibtisch weigerte sie sich, ein sichtbares Zeugnis abzulegen von der Anspannung, in die er sich getrieben hatte.

Die Nässe in den Achseln mit dem charakteristischen herben Geruch war unangenehm, sobald sie ihm in Tropfen am Körper herabrann oder in den Hemdstoff einzog, der dann feuchtkühl unter den Armen zu spüren war. Er legte Stofftaschentücher oder aus Restaurants mitgebrachte flauschige Papierservietten über die Ansatznähte der Ärmel. Verblüffend, wie schnell – obwohl er sich kaum bewegte – die so fixierten Tücher vom nützlichen Ort in die Ärmel oder auf seinen Bauch rutschten. Manchmal, wenn er sie vergessen hatte, fielen sie in der Toilette durch das Öffnen der Hose als feuchte Knäuel auf den Boden, ohne dass er es bemerkte. Wenn seine Frau sie später fand, legte sie sie – vermutlich mit den Fingerspitzen – aufs Waschbecken, um zu zeigen, dass sie nicht für die Beseitigung seiner Abfälle zuständig war. Hatte er mehrere Tücher zur Verfügung, wechselte er sie öfter, hängte die durchfeuchteten zum Trocknen über die Schreibtischlampe oder eine Stuhllehne, obwohl er den Anblick unästhetisch fand.

Manchmal schnupperte er an den getrockneten Tüchern das Schweißparfüm, das milder roch als die schon in Zersetzung übergegangenen Flüssigkeitsspuren, die er mit dem Handrücken aus den Achselhöhlen wischte. Mit einer aus Lust und Widerwillen gemischten Empfindung sog er den stechend säuerlichen Geruch ein, rechtfertigte mit dem klassischen faulen Apfel in Schillers Schreibtischschublade, dass er ihn liebte als Arbeitsaroma, lehnte ihn jedoch als atavistische, unkontrollierbare Machenschaft seiner Drüsen ab.

Mit zunehmender Erschöpfung seiner morgendlichen Energien wurde es schwieriger, den erforderlichen Kraftaufwand zu leisten, ihm entglitt die Absicht und damit die Möglichkeit, die im Hirndickicht gesuchten Gedanken in ihr wörtliches Hiersein zu ziehen. Das Chaos, das unaufhörlich in seinen Mikrostrukturen wispert, drängte herauf, schwappte in sein angestrengtes Bewusstsein. Eine unbestimmte Scheu vor der notwendigen Gegenanstrengung bewirkte – wie schon am Morgen bei der ersten Annäherung an den vortägigen Text –, dass er ihr auswich, sein Wille sich verflüchtigte. Es bestand auch deutlich ein Gefälle, ein Sog, hin zu dem alltäglich genutzten, schnell verfügbaren Sprachschrott – die sich selbst aufziehende Spieluhr des Hirns, verkratzte Schallplatte, sinnlose spukhafte Satzfetzen, unkontrollierbar, über denen ihm die Augen zusanken, Traumzirren seinen Denkapparat überzogen, sich verdichteten zu wässrigen strukturlosen Nebelschichten am Ufer eines wabernden mulmigen FastSchlafs.

Mit einem Rest Pflichtbewusstsein beobachtete er, wie heile, ineinandergreifende Sätze bruchlos hinübertrieben in sinnlos-fantastische, über die er lachen konnte, wenn ihm die Rückkehr in die Wachlogik gelang. Eine Art Slalom oder besser: das Auf und Ab eines spielerisch schwimmenden, aus dem Wasser springenden und zurückfallenden Delfins, nur eben mühsam, ein Kampf gegen die bleierne Gravitation des Schlafs, aus dem aber ein Schreck, ein Telefonklingeln vielleicht, eine Anfrage der von der Schule zurückgekehrten Frau aus der Küche, ihn befreien konnte.

Oder er legte sich rücklings auf die Couch, bedeckte die Augen mit einem Unterarm, und noch während er die Entspannung weich in den Rücken strömen fühlte, schlief er weg. Er sank einfach widerstandslos in ein flauschiges schwarzes Loch. Und noch plötzlicher, ebenso schwellenlos, geschah der Rücksprung ins Wache. Er öffnete ohne Anstrengung die Augen, lag einen Moment in der klaren, gedankenlosen Empfindung von Befreiung und Frische im vogelleichten wie durchsichtigen Körper, erhob sich mühelos und kehrte zum Schreibtisch zurück. Fünf, vielleicht zehn Minuten waren vergangen, zeigte die Uhr. In das Gefühl der Erneuerung mischte sich die Genugtuung über das Gelingen des Kurzschlafs. Doppelgesichtiger Schattenwerfer Schlaf – balsamischer Verführer, lebenfressender Räuber.

Da, an diesem unvorhersehbaren, unbestimmbaren Punkt: der Musenkuss, der Umschlag der flüchtenden Assoziationen in eine scharf umrissne, helle Konzentration, in der eine halbe Seite Sätze sich schreiben ließ innerhalb einer wirklichen Zeitstunde – die wie ein gestaltloser Rausch des Überfließens war, nicht vergleichbar dem befreiten, aus einem brechenden Damm hervorschießenden Wasser, sondern dem Überströmen eines bis über den Rand sich füllenden Staubeckens. Zeitfreie Momente – da konnte er unter den von seinem Hirn ausgeschenkten Gedanken Beschreibungen Bilderfolgen sich vorstellen, dass fließendes Wasser glücklich sei und vollendet in seiner Bewegung. Augenblicke wie das Auffinden einer Goldader, die den Sucher für seine verzweifelte Mühsal in der Wildnis entschädigt.

Passte er nicht den richtigen Erschöpfungspunkt für den Quickschlaf ab, war das Warten auf die Erlösung langwierig und quälend, Beute jedes akustischen Störangriffs. Entnervt verstopfte er sich die Ohren mit Pfropfen von Wachswatte, aber war nun dem plötzlich aufdringlichen Pfeifton seines Innenohrs und dem aufsässigen Klopfen seiner Herzschläge ausgeliefert. Der willentlich herbeigezerrte Dämmerzustand blieb flach, voller Gedankenspülicht. Fruchtloses Warten, das er schließlich verbittert abbrach. Alt und ausgelaugt schleppte er sich zum Kampftisch zurück, die Müdigkeit wie Rheuma vom Rückgrat ausstrahlend.

Die Wut über die ergebnislos verbrauchte Morgenzeit wurde dann zu einem nicht fassbaren, aber körperlich fühlbaren Angstdruck (in der Magengrube, vielleicht vom Sonnengeflecht, vom Herzen ausstrahlend), der überging in Panikgefühle, wenn die Uhrzeiger, die Sonne, über Mittag vorgerückt waren und das Blatt auf der Schreibtischplatte gefüllt mit weißen, unsichtbaren Gedanken, die ihn, Aufdeckung heischend, anfeixten aus ihrer Verborgenheit.

Manchmal erstreckten sich seine Versuche, in den verlassenen Text zurückzukehren, bis in den Nachmittag, ohne dass er mehr als Verbesserungen am bereits Geschriebenen zuwege gebracht hätte. Dann gewannen Überlegungen an Verdrängungsgewalt, die das Epochenstück, an dem er arbeitete, insgesamt für verfehlt, für undurchführbar, für überzogen erklärten und die Zeit für vertan, die er daran setzte. Er erlaubte diesen Argwohn nicht als formulierten Verdacht – es war mehr eine trübe Anwandlung, die in seine Gedankengänge einsickerte, sie einfärbte, ohne wörtlich zu werden. In diesem Stadium der Zersetzung seiner Tagesenergie hatte er kaum noch eine Chance, mit den Kraftresten neue Sätze zu erdenken. Er ließ irgendwann auch ohne von außen gelieferten Vorwand von dem Versuch ab, wandte sich bürokratischen oder handwerklichen Tätigkeiten von einfacher Nützlichkeit zu, Redaktionsbriefe schreiben, das am Abend benutzte Geschirr spülen, die über Nacht nachgewachsenen Läuse von den Hibiskusknospen kratzen, den Flurläufer staubsaugen – je eindringlicher seine Frau diese häuslichen Beihilfen angemahnt hatte, je besser waren sie geeignet, seine Verstörung in den Untergrund zu drücken.

Eine andre Gattung selbstgeschaffner Störgeister waren Gedanken, die er an einem eigentlich produktiven Tag in Erwägungen driften ließ, wie er seine eben im Entstehen begriffene Arbeit verwerten wollte. Er wusste unbeirrbar, dass er sie nicht schrieb, um sie zu verkaufen, aber keiner zahlte ihm einen Ehrensold wie die Schweden ihren Dichtern. Folglich musste er seine gelegten Eier versilbern. Oder eher verhökern. Das traf zwar weniger auf das Epochenstück zu, da seine Verwendung wirklich und unmissverständlich in unabsehbarer Ferne lag. Aber selbst hier tauchten Überlegungen auf, wie sich schon geschriebene Teile des Dramas unter möglichst geringem Arbeitsaufwand in Hörspiele verwandeln oder vielleicht in Zeitschriften abdrucken ließen. Erst recht bei kurzen, überschaubaren Werken – er führte fantasievolle Angebots- und Verkaufsverhandlungen, entwarf Briefformulierungen und Telefongespräche mit Redakteuren, wenn er eben einige Seiten zu Papier gebracht hatte und ihn jene verhängnisvoll unkritische, fast narkotische Zufriedenheit mit der eignen Erfindung überschwemmte.

Unkorrekt allerdings wäre zu sagen: Er überlegte diese Möglichkeiten. Genauer ist: Es überlegte ihn (oder sich), Es ergriff seine Gedanken mit einer strudelnden Gewalt, riss sie in einen Sog, aus dem kein Entrinnen war. Ein Zersetzungsvorgang, den er sich manchmal als noch unentdeckte Bazille vorstellte, eine plötzlich – durch einen infektiösen Gedanken – freigesetzte zerstörerische Bakterie, die durch explosionsartige Vermehrung den Zerfall seiner Schreibfähigkeit auslöste. Da jedoch der Vorgang, so unwiderstehlich er sich von selbst zu entzünden und zu beschleunigen schien, in seinem Hirn geschah, in dem er die Kommandogewalt zu haben beanspruchte, waren auch diese Schadensfälle mit seelischen Verstimmungen verbunden, die sich als Schuld- und Versagensgefühle äußerten, kaum gemildert durch Wut oder, je nach der Tagesform, Resignation. Auch seine Potenz wurde von diesem Gift hinterhältig lahmgelegt, bei schweren Infekten womöglich bis zur nächsten Honorarzahlung.

Er war störanfällig, lebenslang der uneingefahrne Motor, stotternd, verunsichert bei jeder Temperaturschwankung, mimosisch reagierend auf die leiseste atmosphärische Erschütterung – das nichtgeordnete Bett im Schlafzimmer, eine eigentlich unhörbar in der Wohnung anwesende Person, die jeden Augenblick eintreten könnte, das unablässige Zwirbeln eines SchnurrbartZipfels drei Tische weiter in der Bibliothek, die herumsumsende, gegen die Fensterscheibe knallende Störfliege, das immer neu einsetzende und wieder ausgeschaltete Heulen des Laubgebläses im Park, dreimal zehnmal hundert – ach! ungezählt und unzählbar die Anschläge der Nervensäger auf seine Konzentration! Hochgerüstet sind die menschlichen, die technischen und natürlichen Attentäter mit optischen akustischen bakteriologischen psychischen

Waffen und im rollenden Einsatz von morgens bis Mitternacht!

Nie erfuhr er, niemand konnte ihm zuverlässig Auskunft geben, ob mangelnde intellektuelle Disziplin oder eine vertrackte MissSchaltung seiner Hirnzellen die Ursache seiner Denkschwäche, seiner fatalen Ablenkbarkeit war. Sein KlageTagebuch, wenn er denn einmal die Eintragungen früherer Jahre nachlas, hielt ihm die gleichen lähmenden Beschwerden als ständige Lebensbegleiter vor Augen: Hatte ihm in der Jugend der unerbittliche Lehrer gefehlt, der die noch unformatierte Weichware im Schädel, die streunenden Neuronen zum gezielten Denken hätte erziehen können?

Es gab Gründe, den Löffel hinzuschmeißen. Die Meldungen über sein Scheitern kamen nicht nur aus seinem eignen Kopf. Eher schienen sie die ätzenden Reflexe, die inneren Echos auf das Verblassen seines Lichts am Sternhimmel der Öffentlichkeit. Doch ließ er sich nicht einreden, seine eigne Lebenslüge zu sein. Er war gewohnt, mit dem Misslingen zu leben wie ein Obdachloser mit der Parkbank, gewohnt auch ans Aushalten durch Arbeit, den alltäglichen Lambrusco. Spät am Abend konnte er seinen Ehrgeiz entlassen, dem Körper das Hinstrecken gönnen, ins Bett fallen, zufrieden oder nicht, in das tröstliche Lächeln der Frau, ihre vertraute Wärme, müde nur noch und schlafergeben.

Kritik ist das eine. Zuspruch das andre: Jeder Mensch braucht Anerkennung. Zugunsten ehrlich bemühter Lehrlinge in der Schreibwerkstatt der Volkshochschule, die er seit Jahren gegen geringes Entgelt leitete, spendete er gerne verdientes Lob; er befürwortete sogar unberechtigtes Loben, wenn bei seinen Schülern Ansätze erkennbar waren, die Grund zu Ermutigung gaben.

Er selbst wollte von Kollegen nicht gelobt sein. Lob sei unprofessionell, herablassend, lehrhaft, bekundete er. Meister tauschen ihre Erfahrungen aus, vergleichen Arbeitsergebnisse, beurteilen Leistungen im Verhältnis zur Aufgabe und zum Aufwand.

Hatte er ein Kapitel, einen Akt, einen Artikel zumindest vorläufig vollendet, so wünschte er allerdings jenes erste kritische Echo, das ihm am bequemsten seine Frau liefern konnte. Sie war am schnellsten erreichbar.

Wie viel Neugier und Bereitwilligkeit sie auf seine Frage hin zeigte, ob sie mal eben seinen frischen Text überfliegen könne, war schon eine Vorentscheidung über das Klima des späteren Gesprächs. Nicht selten gab sie an, heute absolut keine Zeit zu haben, und da er wusste, dass jeder Mensch so viel Zeit für eine Sache erübrigt, wie er sie als wichtig erachtet, war eine solche Mitteilung für ihn, auch wenn sie im charmantesten, verständnisheischenden Ton vorgebracht wurde, ein durchaus unfreundlicher Akt. Eine Missachtung seiner Arbeit, die er nicht leicht wegsteckte, gerade von einem so nahen, ihm eng verbundenen Menschen. Nicht dass er bedingungslose Hingabe gefordert hätte, aber wie sollte er von fremden Lesern ein Interesse erwarten, wenn schon Olga so verhalten und abwägend reagierte? Er konnte den entstandnen Unmut abschwächen mit dem selbstbeschwichtigenden Hinweis, dass auch sie ihren kräftezehrenden Beruf ernstnahm und sich auf die Unterrichtsstunden vorbereiten musste, doch eine Gefühlsverstimmung blieb. Eine andre Vertrauensperson ersatzweise zu wählen war kein erfolgversprechender Ausweg – da wäre mit noch längeren Wartezeiten zu rechnen. Er könnte nur höflich bitten, nicht jedoch den psychischen Druck ausüben, den er bei seiner Frau anzuwenden wusste. Etwa indem er den versprochnen Sonntagsausflug nur nach Fertigstellung des Textes unternehmen zu können erklärte. Oder indem er einen besonders leidenden Gesichtsausdruck anlegte. Oder ein von ihr aufwendig gekochtes Abendessen aufgrund vorgegebener Appetitlosigkeit verschmähte.

Es passierte auch, dass sie sich zum Lesen unmittelbar bereit erklärte, nach der Tagesschau zum Beispiel, wenn ihre Schulvorbereitungen halbwegs beendet waren. Das galt ihm zumindest als anerkennenswerter Ausdruck des guten Willens oder besser: der nötigen Einsicht in die Erfordernisse des Lebens mit einem hauptberuflichen Dichter. Ein Gelingen des Vorhabens war mit solchem Versprechen noch nicht garantiert. Unter Umständen war sie dann einfach zu müde, um noch einen vernünftigen Gedanken zu fassen oder der Tagesschau folgte ein unwiderstehlicher Expeditionsfilm aus Alaska oder, verhängnisvoller für den Beziehungsfrieden, sie nickte beim Lesen des Manuskripts ein und erklärte schließlich demonstrativ betrübt, dass sie die Augen beim besten Willen nicht mehr offen halten könne und sich im Interesse einer aufmerksamen Lektüre seines Textes am nächsten Nachmittag damit befassen werde.

Gegen das Argument Müdigkeit war er machtlos. Auch er wünschte eine hellwache Kritikerin. Erbitternd aber die augenscheinliche Tatsache, dass sein Text nicht die Kraft besessen hatte, sie wachzuhalten. Er vermutete den Fehler nicht in seiner unausgegorenen oder zu komplizierten Schreibe – viel plausibler war die Annahme, dass die eher erdnahe Gattin eben doch literarisch nicht hinreichend motiviert und sachkundig war, um durch welche Literatur auch immer aufgemuntert zu werden.

Im günstigen Fall aber las sie aufmerksam Blatt für Blatt, nutzte öfter den von ihm zurechtgelegten Bleistift zum Anstreichen ihr fraglicher Passagen, stellte auch einzelne eher oberflächliche Verständnisfragen, die er prompt kurz beantwortete (um ihren Lesefluss nicht aufzuhalten), und notierte auf einem ebenfalls bereitgelegten Schmierzettel ihre Gedanken, die sie anschließend ausführlicher mit ihm erörtern wollte.

Während sie las, beschäftigte er sich am Schreibtisch mit unerledigten Briefen, sah Verlagsprospekte durch oder säuberte die Fingernägel. So zeigte er, dass er zwar wartete, aber doch nicht untätig war und zugleich bereit blieb, auf ihre Fragen zu reagieren. Aus einem Auge beobachtete er, welche Wirkungen der Text auf ihrem Gesicht oder in unartikulierten Äußerungen hervorrief. Er hatte das Gefühl, dass seine halb anteilnehmende Aufmerksamkeit notwendig war für das erwünschte Gelingen ihrer Lektüre, wie die ständige Überwachung der leise köchelnden Speisen durch den diensthabenden Koch. Ein Reiter behält die Zügel in den Händen, selbst wenn er das Pferd frei laufen lässt.

Auch meinte er durch seine Anwesenheit das Tempo ihrer Lektüre zu bremsen. So ungeduldig er auf das Ergebnis ihrer Prüfung wartete, so wichtig war ihm doch die Genauigkeit der Durchsicht, die zwar dem langwierigen Schöpfungsprozess nie wirklich angemessen sein konnte, ihn aber auch nicht durch nur beiläufiges Lesen lächerlich machen sollte.

Gegen das naturgegebene Missverhältnis zwischen dem so aufwendigen und umwegigen Vorgang der Kunstherstellung und der raschen, augenblicksartigen Aufnahme des fertigen Werks durch den Leser oder Zuschauer sah er kein sinnvolles Heilmittel. Die einzige Kompensation wäre denkbar in der möglichen Wiederholbarkeit und Vervielfachung seiner Einverleibung in Zeit und Raum; ein quantitativer Vorgang allerdings, von dem unerweislich ist, ob er und wie in eine höhere soziale Qualität des Verstehens, in ein nationales oder gar internationales Bewusstsein übergehen würde. Das geschah zwar nicht gerade selten, aber keine literatursoziologische Spielart von Wissenschaft, keine Elefantenrunde von Kritikern, kein NobelpreisKomitee hätte die Ursachen der Entstehung, Veränderung und Dauer des Ruhms auch nur annähernd exakt erklären können.

Wenn sie zurückblätterte und schon gelesene Seiten verglich mit dem Text, den sie eben kennenlernte, um sich des Zusammenhangs zu vergewissern, Parallelen oder Querverweise zu erkennen, vielleicht auch nur eine besonders eindrucksvolle Passage nochmals zu genießen, notierte er dies jedenfalls mit intellektuellem Behagen und fühlte sich ihr in neu erwärmter Liebe verbunden.

Früher hatte er das Bedürfnis, den frischen Text selbst vorzulesen, um im Zweifelsfall die richtigen Betonungen zu sprechen, ihn auch erstmals zum Klingen zu bringen und zu hören. Davon war er abgekommen, weil er sich ungern durch Fragen unterbrechen ließ und ein vor Augen liegendes Manuskript genaueres Urteilen erlauben sollte als der flüchtige Schall vorgelesner Sätze.

Nach der Lektüre stieß Olga gern einen Seufzer aus, dessen Modulation auf raffinierte Weise verschleierte, ob er aus Erleichterung, Befriedigung oder sinnlichem Genuss stammte, den sie aber vorerst nicht erläuterte. Er hielt auch seine Neugier zurück, fragte nicht sofort: *Na?* oder: *Was sagst du?* sondern gab ihr Zeit, ihre Stellungnahme gut zu durchdenken. Er hätte zwar gern ein spontanes *Toll!* oder *Mensch!* gehört, aber für solche Begeisterungsäußerungen war sie einfach zu bodenständig oder vorsichtig, das wusste er. Wenn er seine Geduld lange genug strapazierte, begann sie schließlich von selbst, nach den Notizen auf dem Schmierzettel vorgehend, einzelne

Bagatellvorschläge für Verbesserungen zu machen, für die er gut dankbar sein konnte. Darin war sie sehr hilfreich. Sie entdeckte und befragte auch Widersprüche, die sie zwischen verschiedenen Teilen des Textes zu sehen glaubte, die sich aber meist als Missverständnisse der wirklichen Zusammenhänge aufklären ließen. Unstimmigkeiten des Textes erwiesen sich als vermeintliche durch seine Erläuterungen – was ihn allerdings nicht hinderte, mit Hilfe ihres Notizzettels an solchen Stellen später im Sinne einer weiteren (eigentlich überflüssigen) Verdeutlichung zu feilen.

Wirklich schwierig wurde der kritische Verständigungsprozess erst, wenn er nach ihrem Gesamteindruck fragte und sie zögernd und unzusammenhängend, eben aus ihrem mehr oder weniger laienhaften Verständnis, ihre Vorbehalte formulierte. Obwohl sie ihre zweifelnden Gedanken als vorläufige bezeichnete, die dringend einer zweiten, genaueren Lektüre bedürftig, also nicht ernst zu nehmen seien, rutschten ihm diese in den seelischen Bauch, das heißt jenen Schriftstellerteil, aus dem er den Text gezeugt, genährt und eben frisch geboren hatte. Der rebellierte schmerzvoll. Er musste alle Kraft zusammennehmen, um nicht beleidigt zu sein, wurde wortkarg, fast stumm, ließ sich von ihr die fliegenden Blätter zurückgeben und bedankte sich für ihre Mühe mit ungeöffneten Zähnen. Fragte sie ihn, ob er jetzt vergrätzt sei und warum, da sie doch nur seinen Wünschen gefolgt war, musste er kopfnickend bestätigen, dass sie schon alles ganz richtig gemacht habe. Er sei auch überhaupt nicht vergrätzt, obwohl die Anwendung dieses Wortes auf seinen vermuteten Gefühlszustand ihn zusätzlich verstimmte. Er wollte nur eben nicht mehr reden, einfach schweigen und nachdenken. Mit einigen Glas Cognac oder Wein setzte er sich den Kopf außer Betrieb. Oder zog auf ein, zwei Bier in die Eckkneipe, mit irgendjemand aus dem Viertel über die Bundesliga zu quatschen.

Der größte vorstellbare Unfall trat ein, wenn sie mit seinem neuen Text nichts anzufangen wusste, sich kurzerhand für unzuständig erklärte. (Das entsprach zwar seiner Einschätzung ihrer literarischen Sachkenntnis – Hauptfach Erdkunde, Nebenfach Politik –, davon aber durfte sie nichts wissen, da sie andernfalls jede Lektüre als nutzlos hätte ablehnen können. Immer wieder musste er ihr die Bedeutung ihrer spontanen, von fachlichem Wissen unbelasteten Beurteilung seiner Neuschöpfungen einschärfen, als Vorwegnahme eines späteren Leserinnenechos nämlich.) So konnte er ihre eigne Inkompetenzerklärung jetzt nur als verkleideten Ausdruck ihrer sprachlosen Geringschätzung verstehen. Seltsamerweise reagierte er darauf nicht mit Protest oder innerer Auflehnung. Offenbar war er in dieser Situation so zerbrechlich, dass er das Neugeborene widerstandslos beiseite legte und tagelang nicht mehr ansah. Ein graues Gefühl von Vergeblichkeit erfüllte ihn (im direkten Sinne dieses Verbs), das er mit seinem Verstand, mit vernünftigen Argumenten nicht aufheitern konnte. Das Manuskript war ihm verleidet. Er musste erhebliche Seelenwut aufbringen, um den Text erneut durchlesen zu können und zu prüfen, ob er so unbrauchbar war, wie die erste Erprobung zu zeigen schien.

Fand sich im Briefkasten ein brauner oder weißer DIN-A-4-Umschlag, dessen Absenderaufdruck auf eine literaturverbreitende Einrichtung wies, so verdüsterte sich seine Stimmung schlagartig. Das Kuvert wurde zum Stein, der ihm aufs Gemüt schmetterte, noch ehe er es in die Wohnung getragen und geöffnet hatte. Zweifellos enthielt es ein abgelehntes Manuskript. Langsam, irgendwie dumpf und gedankenlos, schleppte er sich die Treppen hoch, ein entwaffneter, geschlagener Kämpfer. Zerschellt die Hoffnung auf ein Häppchen Aufmerksamkeit oder wenigstens ein nennenswertes Honorar in absehbarer Zeit.

Verstörender aber die Tatsache, dass da einer oder eine gerichtet hatte über das Geschöpf seiner Anstrengung und Hingabe, mehr: dass ein Stück seines Lebens, von ihm offenen Herzens angeboten, zurückgewiesen und verworfen wurde. In solchen Stunden nutzte es ihm nichts mehr, die Mechanismen des Literaturmarkts und seine Regeln einigermaßen zu durchschauen – er fühlte sich wie eine Waise, die weglos hoffnungslos und verlassen durch den feindlichen WeltWald irrt.

Mit kindlichem Trotz, mit der Entschlossenheit, den zugefügten Schmerz nun noch tiefer zu treiben, öffnete er schließlich den Umschlag und las den beigefügten Brief, um zu erfahren, ob er mit den zynischen Floskeln eines AblehnungsRoutiniers beschieden wurde oder ob jener oder jene Beauftragte der Institution sich die Mühe einer begründeten Zurückweisung gemacht hatte. Manche verstanden es, die Zwangslage, in der sie sich durch Spielplan, Verlagsprogramm oder das Überangebot an Manuskripten befanden, so ergreifend darzustellen, dass er sich als ein Schuft vorkommen musste, durch sein Manuskript zur Vermehrung ihrer aufreibenden Konflikte beigetragen zu haben. Andre trieben solchen Aufwand nicht, sondern verwiesen auf die nicht zu leugnende Vielzahl und Vielfalt der Verlage und Sender, wo sich mit Sicherheit ein geeigneter Veröffentlichungsort für seine beachtliche Arbeit finden würde – allerdings ohne einen konkreten Rat zu geben, wo der ihrer Kenntnis nach zu suchen wäre. Handelte es sich um einen selbst (durch seinen Brotberuf nur verhinderten) schreibenden Kollegen, so konnte der auch mit aller fachlich notwendigen Unverblümtheit, für die er sein professionelles Einverständnis voraussetzte, auf die objektiven Fehler, Schwachstellen, Ungereimtheiten hinweisen, die dieses Werk als offensichtlich gescheitert erkennen ließen, das er doch besser in die Schublade packen und vielleicht nach ein paar Jahren, also mit gehörigem Abstand, selbstkritisch überarbeiten sollte.

Scham ließ ihn gegenüber seiner Frau von der widerfahrenen Versagung schweigen. Erst wenn sie in ihn drang, womit sie denn nun wieder seine düstere Verschlossenheit verursacht habe, musste er ihr den wahren Anlass offenbaren, wortkarg resigniert oder brausend empört über die offensichtliche Blödheit und Inkompetenz dieses angestellten Banausen. Helfen konnte sie ihm kaum, ihre Trostversuche blieben unbeholfen und ablenkend, da sie weder die Bedeutung der Abweisung für seine Arbeit ermessen noch die fachliche Begründung des Ablehnungsschreibens beurteilen konnte. Aus Erfahrung wusste sie nur, dass nun auch seine Liebesfähigkeit veröden würde und sie sich auf dürftige Tage einstellen musste. Nur erkennbar gezwungen brachte er noch ein Lächeln oder einen Dankeskuss zustande, wenn sie ihm nun eines seiner Lieblingsessen kochte oder ihm Blumen auf den Schreibtisch stellte.

Eine Art Zynismus gegenüber seiner verletzten Würde ließ ihn dann doch das Essen genießen und die unbeirrte Schönheit der Blumen bemerken. Eigentlich wollte er sich das Recht auf seinen Schmerz nicht durch solche Ablenkungen schmälern lassen. Sein Verblassen, in Tagen allmählicher Erholung, erfuhr er mit widersprüchlichen Empfindungen, da der Auslöser nicht beseitigt war: Noch lag der Brief drohend und böse in seiner Korrespondenzmappe und das abgelehnte Manuskript höhnte ihn auf dem Schreibtisch. Jedoch belebten sein Stolz und sein Widerspruchsgeist sich allmählich wieder, wuchsen wie nicht gesätes Wildkraut aus irgendwelchen Ritzen seiner unbewussten Existenz und ließen ihn schließlich die Arbeit an einem andern oder dem beleidigten Manuskript wieder aufnehmen. Vielleicht erhielt er den Anruf eines jungen Autors, der ihn hochachtungsvoll und scheu nach seinem Urteil über die unlängst zur Prüfung übersandte Arbeit fragte, die er zwar noch nicht gelesen hatte, die ihn aber, indem er dies nun nachholte, doch befriedigt den Qualitätsunterschied zwischen jener und seiner eignen feststellen ließ. Oder er erfuhr, wie von einer gütigen Muse in seine Depression geschenkt, die Sage von einem eben hochgepriesnen Buch, dessen Typoskript die Ochsentour durch ein Dutzend Verlage gemacht hatte, ehe ein Lektor seinen wirklichen Wert erkannte. Ah ja! wann endlich würde ein Überläufer aus der Bundesmafia der Scharfrichter jene entlarvende Sammlung der Ablehnungsbefunde nachmals berühmtester Werke veröffentlichen, allen obdachlosen verkannten Autorinnen und Autoren als Vademecum und Trostbüchlein!

Trotzdem kostete es ihn magenschmerzende Anstrengung, nun erneut erklärende, möglichst originelle und auf die vermuteten Erwartungen des Empfängers eingehende Begleitbriefe für sein verschmähtes Werk zu schreiben, wobei er natürlich eine frühere Ablehnung mit keinem Wort erwähnen durfte. Dass Kollegen wie Kleist, Hölderlin, Kafka, Joyce noch viel erbärmlichere Bettelbriefe an Fürsten und Gönner sich hatten abringen müssen, vergeblich oft genug, war ihm kein nachhaltiges Seelenpflaster. Zuweilen liebäugelte er mit der Flause, Redakteure keck mit Hochwohlgeboren oder Euer Durchlaucht anzureden, ließ es aber beim Gedankenspiel bewenden.

Im Grunde, meinte er, wäre die Einführung der Kunstgattung *WerkBegleitbriefe* fällig, und wenn auch die Germanistik dieses Oberseminarthema noch nicht entdeckt zu haben schien, würde sie doch mit Sicherheit an kommerziellen Schreibschulen längst gelehrt. Einen wirksamen Begleitbrief zu schreiben, mit dem die hochgerüstete Abwehrfront der Lektoren und Dramaturgen gegen unverlangt eingesandte Manuskripte durchbrochen werden kann, erforderte ebenso viel Erfahrung und Fingerspitzengefühl wie beispielsweise für einen Koch die Aufgabe, der Fürstin von Thurn & Taxis ein appetitanregendes, aber schlankes Menu zu servieren. Zwar soll der Witz des Autors unübersehbar funkeln, doch darf er nicht um des Lektors willen inszeniert erscheinen, muss vielmehr wie selbstverständlich aus dem unerschöpflichen Überschuss seines Ingeniums hervorquellen. Der ungebetene Eindringling in die Festung Lektorat muss nicht nur die Vorzüge des Werks und seines Urhebers in wenigen zündenden Sätzen zur Explosion im Hirn des Gralshüters bringen, sondern auch seiner herrschaftlichen Würde glaubhaft schmeicheln, ohne dabei die eigne Bedeutung durch Unterwürfigkeit herabzusetzen oder gar den Eindruck von Bedürftigkeit zu erwecken. Angesichts der Machtverhältnisse allerdings eine Schwierigkeit, die der einer Besteigung des Kilimandscharo zu vergleichen wäre.

Er erinnerte sich an eine Zeit, da hatte er sich unabhängig gefühlt von Erfolgsspekulationen und den Gepflogenheiten des Literaturgeschäfts, hatte auf keinen Telefonanruf während seiner Schreibtischarbeit reagiert und Briefe von Redakteuren tagelang ungeöffnet irgendwo liegen gelassen, als habe er sie vergessen. Damals zögerte er die Antwort so lange hinaus, bis der Absender anrief und er seufzend versichern konnte, doch doch, er habe den Brief schon gelesen, sei leider noch nicht zum Schreiben gekommen, werde das aber bestimmt in den nächsten Tagen nachholen. Indem er keine Gründe angab für seine Säumigkeit, ließ er den Redakteur annehmen, unabweisliche Dichtungsgeschäfte hätten ihn an profaner Geschäftskorrespondenz gehindert.

Bald hatte er begriffen, dass die Redakteure, Lektoren und Dramaturgen, selbst wenn sie gelegentlich publizierende Kollegen waren, den Heimvorteil des Festangestellten gegenüber dem Freien besaßen und durch eine Zurückhaltung veröffentlichenswerter Manuskripte nicht unter Druck zu setzen waren. Als Etatverwalter mauserten sich selbst Freunde oft schnell zu Machthabern. Sie wussten immer, dass sie die Arbeitgeber vertraten, lebten sich in deren Rolle ein und verdrängten, dass sie ohne den ständig nachwachsenden Fleiß der Autoren allenfalls als Nachlassverwerter der Klassiker sich betätigen könnten. Sie fühlten sich als die berufenen Scherifs der Literatur, die Bettel von Ware zu sondern hatten. Wenige Autoren erlangten ein solches Ansehen, dass dieses allgemeine Abhängigkeitsverhältnis sich umkehrte und die Vermittler respektvoll um Erlaubnis bitten mussten, deren Arbeiten veröffentlichen zu dürfen.

Seit Jahren hat er diesen überlegnen Stand gegenüber den MedienAgenten nicht mehr erreicht.

Seine Bemühung, in einem alternativen Reisetheater und in einem nur von Autoren bestimmten Literaturverein mitzuwirken, waren ein Versuch gewesen, seine Unabhängigkeit zu bewahren. Lange Zeit glaubte er sogar, durch dieses Vorbild einer nicht konzerngebundenen Literaturproduktion den Weg zu ebnen. Er hatte damals zwar im Interesse dieses freien Theaters, für die Selbsthilfe-Organisation der Schreiber, Briefe großer Dringlichkeit verfasst, aber diese Bittbriefe konnten als persönlich-egoistische nicht verstanden werden, da er sie im Dienst übergeordneter sozialer Erfordernisse schrieb, die mit seiner persönlichen literarischen Arbeit höchstens insofern verknüpft waren, als er für die Unabhängigkeit aller Autoren stritt. Seine eigne Selbstbestimmung stellte er ja dabei eher zurück, opferte sie sogar zeitweilig. Hämische Stimmen hatten allerdings hinter seinem Rücken ausgestreut, ein Mangel an künstlerischer Kraft sei die Ursache seines Ausweichens in das Geschäft der Vermittlung von Literatur andrer, und zumindest unbewusst fliehe er vor dem Eingeständnis seiner bescheidnen Begabung. Als besonders raffinierte Form der Verschleierung sei die Tatsache zu werten, dass er nicht wie andre in gleicher Situation in eine gutbezahlte Stellung als Lektor oder Dramaturg sich absetze, sondern aus vorgeschobnem Idealismus seine Fähigkeiten für eine pseudorevolutionäre Missionsaufgabe verwende.

Für ihn war klar: Nichts als ein miserables Gewissen bedeutete dieses Geraune jener Skribenten, die selbst nicht den Mut hatten, sich den unbequemen Herausforderungen der überfälligen Kulturrevolution zu stellen.

Es war als eine Nebenwirkung seiner uneigennützigen Arbeit zu verstehen – von der Art, wie sie auf den Beipackzetteln pharmazeutischer Medikamente angekündigt, aber nicht ernstgenommen werden –, dass er sich daran gewöhnt hatte, Briefe sofort zu lesen und Telefonanrufe in jedem Fall zu beantworten. Auf diese schleichende, irgendwie heimtückische Weise war er in Abhängigkeit von den gängigen Kommunikationsmitteln geraten. Stärke oder Schwäche seiner psychischen Verfassung konnte er nun daran ablesen, ob er bald nach der Ankunft des Briefträgers die Treppen zum Hausbriefkasten runterstieg oder aber wartete, bis er nachmittags auf einem Einkaufsgang an den Postkästen vorbeikam. Das Telefon während seiner schöpferischen Konzentrationszeit abzustellen, kam ihm nicht mehr in den Sinn.

Brachte seine Frau die eingegangenen Briefe Prospekte Zeitschriften mittags mit herauf und legte sie wortlos auf seinen Schreibtisch, nickte er nur ein zerstreutes Danke und ließ sie unbeachtet, bis er wieder allein war. Hin und wieder blickte er vom Manuskript auf, musterte den unsortierten Packen Papier. Nach einiger Zeit hatte sich ein hinreichendes Anziehungspotential aufgebaut – er hob die Kanten der Umschläge seitlich an und schaute darunter, ob ein Redaktionsbrief zu erkennen wäre, den er dann doch, mit nicht länger widerstehbarer Neugier, öffnete und las. Private Briefe interessierten ihn in diesem Stadium seines täglichen Arbeitsprozesses im allgemeinen nicht. Die Nachrichten, auf die er begierig war, mussten irgendwie mit seiner Produktion in Verbindung stehen, und immer hoffte er auf ichstärkende Erfolgsmeldungen. Das war der psychische Krebs, von dem er sich befallen fühlte.

Es gab das große und das kleine Warten. Hatte er ein Buchmanuskript, ein Theaterstück ausgesandt, richtete sich seine Hoffnung auf längere Fristen ein; er versuchte zu vergessen, dass da irgendwo eine Flaschenpost mit seinem Absender auf dem Ozean schwamm. Erst nach Wochen, nach Monaten stellte sich der anfangs vage, dann sich verstärkende Druck in der Gegend des Sonnengeflechts ein, mal in einer schlaflosen Nachtstunde, mal unversehens am Schreibtisch, wenn der Name des Verlags, des Theaters, irgendwoher angestoßen, in seinen Kopf geriet und er nun der Versuchung widerstehen musste, den Zuständigen, Mann oder Frau, anzurufen, ihn oder sie zu mahnen und so seine eigne Unsicherheit, seine Abhängigkeit zu verraten. Erst wenn unmissverständlich geworden war, dass seine Aussendung erneut auf die Uneinsichtigkeit, die Risikoscheu der Verantwortlichen gestoßen war, die ihre Ablehnung nur hinauszögerten, aus Mitleid oder aus Faulheit, eine halbwegs plausible Begründung zu schreiben, schlug die angewachsene Angst in heilsamen Hass um. Dann las er die schließlich eintreffende Absage, die intellektuellen Verrenkungen des urteilsbegründenden Richters nur noch mit hohnlachendem Zynismus.

Das aktuelle Warten hatte Ähnlichkeit mit dem sonntäglichen Fieber der kleinen Wetter vor der Ziehung der Lottozahlen, von der sie über Wirtschaftskrisen und Regierungswechsel hinweg die Befreiung ihres mühsamen Lebens zu den glänzenden Sorgen der Fußball- und Filmstars erhofften. Hundertmal, tausendmal versagten die im Glasglobus trudelnden Kugeln das gewünschte Wunder oder spendeten mickrige Anzahlungen auf den Erlösungsschlag, schürten indes auch wöchentlich neu die Erwartung, indem sie einen Hauptgewinn ausspielten an einen irgendwo vorhandenen Sterblichen, ausweislich der ermittelten Zahlenkombination und der montäglichen Gazettenberichte über diesen namentlich ungenannten Götterliebling.

Mit etwas verfremdendem Abstand von der erfahrenen Wirklichkeit konnte er sich die amtierenden Redakteure Lektoren Dramaturgen jeden als an einer solchen Loskugel sitzend vorstellen, in die sie die angebotenen Manuskripte warfen, um einmal wöchentlich den oder die beglückten Urheber mit geschlossnen Augen hervorzuziehen. Wie beim Lotto waren diesen Halbgöttern Begabung Fleiß Ehrlichkeit Moral und Bedürftigkeit der Mitspieler schnuppe.

Und nicht ein dickes Fell hatte sich unter den Peitschenhieben der gesammelten Nieten und Trostpreise bei ihm entwickelt: Die hatten ihn mürbe geklopft. Da sich die großen Trophäen nicht einstellen wollten, wurde er, zähneknirschend, dankbar für Häppchen.

Er war abhängig geworden von Bestätigung, von Zustimmung. Verräterisches Symptom, dass er seit Jahren schon über ein Lob für kleinere Arbeiten, Rezensionen, featureartige Betrachtungen eine Genugtuung empfand. Früher hatte er über Beifall die Stirn gerunzelt, missbilligt, dass die Dame Redakteurin ein Abfallprodukt, eine Lappalie zur linken Hand lobend erwähnte, als hätte es irgendeinen Zweifel daran geben können, von ihm einen Edelsteinsplitter zu erhalten. Inzwischen meinte er, in solchem Wohlwollen von Redakteurinnen auch Herablassung zu spüren, eine Milde, die zu besagen schien, für derartige Beiträge sei er immer noch gut, wenn nicht unentbehrlich.

Er war überzeugt, dass er mit seiner Ausbildung den Weg zu einem hochbezahlten Kulturjournalisten, einem Kritikerpapst hätte einschlagen können. Seine Geringschätzung für die gut dotierte Verdauungstätigkeit dieser Leute an den Werken von Schriftstellern wie er selbst, ihr ständiges Umschütten und Wiederaufwärmen des von den Künstlern frisch gebrühten Kaffees, hatte ihn am Abgleiten in den Blasen schlagenden KulturSumpf gehindert. Nie war er ernsthaft in Versuchung geraten, sich auf die andre Seite zu schlagen, einer der dienstbaren und verdienenden kleinen Unterteufel einer literaturvermittelnden Instanz zu werden. Gelegentlich hatte er sich aufgeregt, seine Stimme in den saisonal aufwallenden Chor veröffentlichter Meinungen gemischt, aber doch lediglich zu dem Zweck, dort seine Position sichtbar zu machen oder bedrängten Freunden beizuspringen.

Selten hatten ihm dafür die meinungsführenden Zeitungen des Landes zur Verfügung gestanden. Da er die politische Einstellung ihrer Herausgeber und Redakteure kannte, wunderte ihn das weder, noch hatte er sich selbst sonderlich bemüht, dort Essays oder Streitschriften zu veröffentlichen. So empfand er zwar deshalb keine Ressentiments, vermied jedoch, diese großspurigen Gazetten zu kaufen, um nicht auf die Ergüsse arrivierter Kollegen zu stoßen.

Dagegen durchstöberte er neu erscheinende Literaturgeschichten und AutorenLexika in der Stadtbibliothek nach den Spuren, die sein Werk dort hinterlassen haben könnte. Wenn er sich nur beiläufig oder überhaupt nicht mehr bemerkt fand, verteidigte er seinen Stolz mit dem Blick hinab auf das Gewimmel der gernegroßen provinziellen Schreiberlinge, die, wie seine Großmutter, mit dem Abdruck einiger Frühlingsgedichte im Gemeindeblättchen den Zenit ihres Ruhms erreicht haben. Er konnte zur Ichstärkung sogar auf zwei ungedruckte Magisterarbeiten in seinem Archiv zurückgreifen, veranlasst und übersandt von einem Studienfreund im Professorenstand, in denen seine Arbeit analysiert und ihr Verhältnis zur allgemeinen literarischen Entwicklung des Landes untersucht wurde. Er hatte der Wissenschaft doch immerhin Anlass zu seriöser Auseinandersetzung geliefert, auch wenn die Qualifikation der Kandidaten natürlich nicht ausreichte, den Gegenstand ihrer Untersuchung wirklich angemessen auszuloten. Kindereien im Grunde.

Es beunruhigte ihn, dass ihn anscheinend auch randständige, spezialisierte Zeitschriften mit spärlicher Auflage nicht mehr selbstverständlich veröffentlichen wollten. Man erklärte, gern zu lesen, was er anbot, konnte aber nichts versprechen, da der zur Verfügung stehende Raum noch knapper geworden sei. Und er ließ das schleifen, wehrte sich nicht gegen die unterschwellige Auszehrung seiner Gegenwärtigkeit. Alte Bekannte, durch jahrelange Zusammenarbeit befreundete Redakteure, einst sicher wie ein Bankguthaben, waren pensioniert oder gestorben. Die Jüngeren wussten manchmal kaum seinen Namen, zu schweigen von seinen früheren literarischen Leistungen. Bis vor einigen Jahren hatte er eine Statistik seiner Posteingänge und -ausgänge geführt, diese Übung aber eingestellt, seit sie zeigte, dass sich das Verhältnis seiner erfolgreichen Manuskript-Aussendungen zu den Ablehnungen umgekehrt hatte. Seine Ausgaben für Briefmarken hatten sich durch das jetzt vielen Sendungen beigelegte Rückporto verdoppelt. Auch die Telefonrechnungen waren im Laufe der Jahre enorm gestiegen, weil er Redakteure im ganzen Land anrief, die ihn früher, auf einen kurzen Lockruf hin, gern von ihrem Apparat aus zurückgerufen hatten.

Ihm war klar, dass seit der Konkurrenz der Privatsender die Redakteure der Landessender unter starken Druck gesetzt wurden, Kosten zu sparen. Das versuchten sie vor allem dort, wo der geringste Widerstand zu erwarten war: bei den freien Autoren. Und bei den an Berufsjahren Älteren. Der Jugendfetischismus der Gesellschaft machte sich im Kulturbetrieb, in kaum gemilderter Form, als Schuldvermutung geltend. Warum war er noch nicht abgetreten? Beanspruchte Sendeplätze und Verlagskapazitäten? Versuchte die knappen Leser- und HörerKöpfe zu besetzen? Er spürte den latenten Druck der literarischen Gemeindevertretung gegen seine Anstrengungen, sich als Autor zu behaupten, und widerstand ihm mit nachlassender Entschiedenheit. Wie Leukämie zehrte das an seiner Kraft, aber er leugnete die merklichen Symptome. Ohne das Gegenüber eines Spiegels empfand er sein Gesicht noch als das eines Dreißigjährigen. Mit jugendlicher, unabgeklärter Leidenschaft schauten seine Augen an ichstarken Tagen aus ihrer Schädelkiste auf schöne Frauen und böse Zustände. Er versuchte, die Hinweise zu übersehen, dass andre in ihm den überreifen Käse von gestern erblickten. Und er begehrte auf: Wie sie sich irrten, getäuscht von Tränensäcken und einer faltig gewordnen Gesichtshaut! Reine Äußerlichkeiten das! Eher am Anfang als am Ende fühlte er sich! Grade erfahren genug für ein großes Werk! Und erwog, wegen der verräterisch irreführenden Fotos, sich eine operative Hautstraffung zu leisten.

Aber die Traurigkeit wuchs.

Nie hatte es für ihn ein Schreiben im Auftrag, für einen Auftraggeber gegeben. Nur aus eigner Notwendigkeit, aus eigner Verantwortung bemühte er sein Talent. Sein idealisches Verständnis der Ursache seines Schreibens hatte sich auch nicht geändert, als die Realität des Marktes ihm einige seiner romantischen Flausen bezüglich des Auftrags der Geschichte, ersatzweise der Ausgebeuteten, vergällt hatte.

Manchmal wurden ihm Projekte andrer zur Mitarbeit angeboten, Sammelbände mit Aufsätzen oder Erzählungen, die ihm Lust machten. Da ließ er sich breitschlagen, war auch zufrieden, im Chor der Kollegen mitsingen zu dürfen, las erfreut seinen Namen im Autorenverzeichnis des Belegexemplars, obwohl ihm klar war, dass kein Mensch außer den Beteiligten sich für Anthologien interessierte. Beim Fernsehen die dicke Kohle abzuräumen hatte er allerdings für immer ausgeschlossen, nachdem er bei zwei Drehbüchern erfahren hatte, wie kaltschnäuzig die geistige Arbeit des Urhebers eingekauft und nach Maßgabe unbekannter Hierarchen verwurstet oder verworfen wurde. In diesem Medium herrschte eine räuberische Form von Gemeinschaftsarbeit, bei der alle Beteiligten mitmischten, ohne eine andre erkennbare Spur ihrer künstlerischen Identität zu hinterlassen als die Sekunde, wenn ihr Name im Abspann aufblitzte. Nur die stärksten Platzhirsche der Gilde konnten sich gegen diesen Enteignungsdruck mit einiger Erfolgsaussicht zur Wehr setzen. Seit der Konkurrenz der Privatsender war auch deren Uhr abgelaufen. Kein anspruchsvolles Werk lief mehr zu einer brauchbaren Zeit über die Kanäle der Öffentlich-Rechtlichen, weshalb die GEZ bei ihm nur noch Rundfunkgebühren kassieren konnte.

Eine seltsames Missverhältnis aber hatte sich aufgetan zwischen seinem Selbstverständnis von

Literaturherstellung und seiner Beziehung zum Geld, zum Honorar. Er bemerkte es durchaus gelegentlich, er erlebte es, empfand sich dann als irgendwie schizophren oder obszön, konnte aber an dem tatsächlichen Zwiespalt nichts ändern. Die finanzielle Seite seiner Produktion, der Verkauf, war etwas von der Literatur Abgespaltenes, das unter dem Strich geschah oder hinter seinem Rücken. Am liebsten hätte er seine Arbeiten verschenkt. Aber essen heizen schlafen musste er immerhin. Aus dieser banalen Einsicht heraus hatte er H. B. zustimmen müssen, als der die Autoren aufrief, endlich gemeinsam, wie die Mitglieder einer Industriegewerkschaft, die Verleger herauszufordern, ihre Urheberleistungen nach festen Mindesttarifen zu entgelten. Fremd blieben ihm trotzdem jene Großschreiber, von denen geraunt wurde, dass sie geldgierig und gerissen (und erfolgreich) verhandelten. Verleger sorgten dafür, dass Nachrichten über so unanständige, aus der Art geschlagene Geschäftemacher in der Maske des Künstlers zur Abschreckung in die moralischen Biotope der Autoren gelangten.

Eigentlich hätte er einen Agenten oder eine Ehefrau gebraucht, um die pekuniären Angelegenheiten seiner Schriftstellerei abzuwickeln, aber für einen Agenten war er nicht produktiv genug, und Olga hatte zu eigenwillige Interessen, ihm den Finanzverwalter zu besorgen. Wahrscheinlich verhandelten auch die Autoren, die mit literaturfreundlichen, besser: literaturdienlichen Frauen verheiratet waren, selbst über die Höhe der Honorare, die Bedingungen der Verträge, und überließen der Frau nur die Verwaltung des Einkommens, die Buchführung für das Finanzamt und das Abschreiben ihrer Manuskripte. Mit stiller Wehmut opferte er seine mit derlei bürokratischen Nebentätigkeiten verbrachten Lebenstage auf dem Altar der Gleichberechtigung und spürte schmerzlich den Konkurrenzvorteil jener robusten Kollegen, die so die Hingabe ihrer Frauen ausbeuteten.

Besagtes Missverhältnis schien auf (gelegentlich, wenn er es wahrnahm) in dem gewissen Behagen, das er verspürte, wenn der Postbote Honorarabrechnungen oder Auszüge des Girokontos brachte, aus denen eine positive Veränderung des Saldos hervorging. Eine Empfindung, wie sie bei seiner Katze das leise, kehlige Schnurren auslöst. Bei gelegentlichen größeren (also vierstelligen) Beträgen erlaubte er sich auch wirklichen Jubel. Er war dann in der Lage, in das Arbeitszimmer seiner Frau zu stürzen und ihr den Honorarbescheid um die Nase zu wedeln (obwohl sie als Studienrätin in einem Monat das Doppelte verdiente!), um ihr Worte anerkennenden Staunens zu entlocken. Ein verstohlenes Lustgefühl auch bei kleinen Überweisungen kannte er allerdings schon aus der Zeit seiner literarischen Anfänge.

Unbeabsichtigt hatte sich bei ihm im Lauf der Jahre eine quasi irreale Vervielfachung der Anlässe für das Empfängerbehagen herausgebildet. Jeder Honorarbetrag wurde selbstverständlich nur einmal gezahlt. Dennoch tauchten größere Honorare in seinem Gefühlshaushalt mehrfach auf, mit merklicher Wirkung auf sein Befinden. Bereits wenn er ein verabredetes Werk so weit abgeschlossen hatte, dass er es für den Versand vervielfältigen konnte, stellte sich nicht nur die Zufriedenheit, das Wohlgefühl ein, das zu einer gelungenen Arbeit gehört, sondern auch die angenehme Erwartung einer nun absehbaren erheblichen Zahlung. Diese Empfindung war zwar noch mit Vorsicht durchwachsen: Keineswegs durfte er in diesem Stadium das erwartete Honorar bereits fest verplanen – und auch die genaue Höhe war ungewiss –, aber es hatte immerhin einen fühlbaren Grad von Wahrscheinlichkeit erreicht.

Durch die Zustimmung einer Person aus dem Verwertermarkt zu seinem Manuskript wurde die Honorarerwartung gefestigt: erneuter Anlass für gehobne Stimmung. Die Redakteure hatten ihre Honorarrahmen, und bei vielen von ihnen meinte er, besser nicht durch eine Frage nach der genauen Höhe des Honorars Misstrauen in deren unparteiische Gerechtigkeit bei der Verteilung ihres Etats anzudeuten. Konkrete Honorarverhandlungen gab es daher nur ausnahmsweise. So löste die Vergütungsmitteilung der zahlenden Anstalt mit ihrer schon durch das Adressfenster des Umschlags sichtbaren Farbe das gründlichste Behagen aus. Auch wenn das Honorar unter der erhofften Höhe blieb, verdrängte der dadurch verursachte Misston nicht die heitere Grundstimmung. Es hing nicht nur mit der oft unvorhersehbaren Säumigkeit der Zahlungsstellen zusammen, dass das endgültige Eintreffen, die Verbuchung des Honorars auf seinem Konto, als ein weiterer Anlass für Befriedigung diente. Das Geld war nun in seine Verfügung, in greifbare Nähe geraten. Er konnte damit Rechnungen bezahlen oder einfach zur Post gehen und sich ein paar anfassbare HundertmarkScheine über den Schaltertresen schieben lassen. Manchmal auch bedeutendere Fünfhunderter oder Tausender, die er, allem Zinsverlust zum Trotz, mehrere Tage lang in einer Schreibtischschublade aufbewahrte. Gelegentlich versicherte er sich dann durch Anfassen und Nachzählen der noch vorhandenen Geldmenge.

Selten, aus einer spontanen Regung heraus, die sich so unauffällig einstellte wie Durst, entnahm er der Finanzschublade das Sparbuch, notierte auf einen Zettel das dort ersichtliche Guthaben unter den eben gezählten Barbestand, fügte von einem andren Zettel die Höhe seiner Festanlagen hinzu sowie die mit Sicherheit zu erwartenden Honorare und saldierte. Dem Ergebnis stellte er seine fälligen Ausgaben gegenüber, Versicherungen, Miete, Autokosten, Postgebühren, Anschaffungen, Lebenshaltung und errechnete aus beiden Summen sein angespartes Vermögen. Da es auf einige Zehntausend Mark angewachsen war und, er wusste eigentlich nicht wie, im Jahr um ein- oder zweitausend Mark weiter wuchs, war auch diese Rechnerei lustbetont. Aus der Erfahrung seines Geldzählens (manchmal meinte er, der alte Dagobert Duck schaue ihm feixend über die Schulter) argwöhnte er, dass er die kapitalistische Lust am Profit in sich trug wie eine AIDS Infektion – er gab ihr nur keine Gelegenheit offen auszubrechen.

Allerdings führte er sich die Zufälligkeit seines Einkommens immer wieder masochistisch vor Augen – niemand benötigte wirklich seine Produkte, und wie leicht sich auf Kunstwerke verzichten ließ, wenn die Befriedigung alltäglicher Grundbedürfnisse in einer Gesellschaft gefährdet wurde, hatten ihm die Nachrichtendienste in Beispielen aus aller Welt mitgeteilt. Eine existenzielle Unsicherheit muss der Hintergrund seiner hier geschilderten Fimmel sein.

So erklärt sich auch seine Sparsamkeit, die Züge von Kleinlichkeit und Geiz aufwies und der er gelegentlich entgegensteuerte, um sich zu beweisen, dass er ein Knicker wider Willen war. Manchmal machte er wertvolle Geschenke. Manchmal lud er Freunde zum Essen ein, obwohl er nicht verhindern konnte, hinterher das sinnlos verprasste Geld wie eine Wunde zu empfinden. Seine Großzügigkeit war angestrengt, ihr fehlte die Grandezza.

Trotz seiner Zurückhaltung im Geldausgeben wurde er oft davon überrascht, wie schnell die Tausender und erst recht die Hunderter sich in Nichts, in erinnerungslose Vergangenheit auflösten, ohne einen haltbaren Gegenwert zu hinterlassen, mit dem man ihr Verschwinden plausibel begründen und sich über ihren Verlust hinwegtrösten könnte. Sein verinnerlichter Maßstab für Geld war immer noch das Zweimarkstück seiner Studentenzeit, mit dem er sich einmal die Woche ein Frühstück mit zwei Schrippen und einem Viertel Butter schier geleistet hatte. Aus dieser frühen Erfahrung wird wohl das misstrauische Nachzählen erklärbar und sein Erstaunen vor dem wachsenden Guthaben. In klaren Augenblicken (die er scheute) verstand er, dass sein Vermögen lediglich im Gleichschritt mit der Inflation wuchs. Was ihm eine erhebliche Summe schien im Vergleich zu dem, was ihm in der Nachkriegszeit als viel Geld gegolten hatte, schrumpfte zu einem Überlebens-Groschen, wenn er sich vorstellte, er würde arbeitsunfähig, durch einen Unfall, ein längerfristiges Versagen seiner Schreibkraft – in einem Jahr ohne Einkommen wäre die Reserve verbraucht. Keine Versicherung hätte ihn gegen den Verlust seiner Sprachfähigkeit versichert wie einen Pianisten oder Chirurgen gegen eine Beschädigung ihrer Hände. Ob seine Frau bis zu ihrer Pensionierung und vor allem danach bei ihm aushalten würde, war ihm bei ihrem freien Umgang mit andern Menschen nicht verbürgt. Oft schwärmte sie von ausgedehnten Reisen nach Australien und Feuerland. Ihm war bewusst, dass er durch seine beruflich bedingten Verhaltensweisen wohl kaum ein idealer Dauerpartner war. Seine längst ins Ausland geflohenen Kinder würden auch kaum verhindern wollen oder können, dass er zum Sozialfall würde.

Dieses Wort belästigte ihn neuerdings mit einem sehr persönlichen Hautgoût, seit er erfahren hatte, dass eine VerschwörerRunde ihm gut bekannter Frauen und Männer aus dem Literaturbetrieb seinen Antrag auf ein Arbeitsstipendium für sein Epochenstück intern mit der Unverschämtheit kommentiert und abgelehnt hatten, er sei ja nun eher ein Kandidat für die Künstlerhilfe des Bundespräsidenten und sein Projekt ein Zeichen beginnenden Altersstarrsinns.

Ein Horror war ihm die Vorstellung, Schulden zu machen. Allein die Frechheit, dass die Banken für ein Überziehen des Kontos gut zwölf Prozent Schuldzinsen sich aneigneten, aber für Giroguthaben keine oder völlig unangemessene Zinsen zahlten, hielt ihn von der verbreiteten Praxis ab, den Überziehungskredit auszunutzen für schnelle KauflustBefriedigung. Hohnlachend hatte er das Angebot auf Scheckkarten missachtet. Ungebeten drängten die Banken jedem solche Karten und Kredite regelrecht auf. Es war ihm zuinnerst unverständlich, dass Erwachsene, selbst wenn sie über ein scheinbar festes, monatliches Einkommen verfügen, sich so von den Bankern über den Tisch ziehen lassen und, verschuldet, deren skrupellosem Gutdünken ausliefern.

Vergleichbar die Schulden, ihre unberechenbaren Risiken. Die Gerichte und Auktionshäuser führten ihm die in ihren Pleiten gescheiterten Menschen in ungezählten Berichten vor. Sein Steuerberater hatte ihm das Kreditnehmen als den Lebensnerv, die Weisheit des kapitalistischen Wachstums geschildert und den Geldmarkt als den wirklichen – den einzig florierenden – Urwald der Gesellschaft, in dem noch atemberaubende Erfolge möglich sind, bei angeblich geringem persönlichem Risiko. Scheitern, meinte der lachend, könne man dabei eigentlich nur durch zu zaghafte, zu biedere Kreditnahme. Immerhin erklärte ihm der Mann wirksam, wie er seine Steuerlast bis nahe Null mindern konnte.

Die Berichte über genialische Zunftgenossen waren ihm nicht unbekannt, die nach ihrem – meist frühen, meist elenden – Tod vorübergehend in den literarischen Parnass gelangt waren. Unwillig oder unfähig waren sie gewesen, Geld zu verdienen oder in einer sonst einträglichen bürgerlichen Weise ihren Unterhalt zu sichern. Mit und in erstickenden Schulden hatten sie unbekümmert gelebt, wurde von ihren ergebenen Biografen kolportiert, und sie hatten mit äußerster Rücksichtslosigkeit gegen sie aushaltende Freundinnen und gegen sich selbst nur für die Kunst existiert, sich mit allen erreichbaren Drogen in so produktive wie zerstörerische Ausnahmezustände gepuscht. Schaudernd bewunderte er diese Exoten. In unbefragter und anscheinend auch unfraglicher Selbstgewissheit verwirklichten sie radikal ihr künstlerisches Ego, verachteten die vernünftigen Gebote der Vorsicht und Vorsorge, die bewährten Regeln bürgerlichen Gemeinschaftslebens und stetiger planender Arbeit. Irgendwann verreckten sie in den Sielen der Konsumgesellschaft, überzeugt, alle Delikatessen und Gifte des irdischen Abenteuers gekostet zu haben.

Er hatte einige solcher Draufgänger gekannt, aus der Nähe erlebt. Vor der Herausforderung jedoch, ihnen mit Geld, Unterkunft und Klamotten zu helfen, ihre Besäufnisse und stinkenden Socken zu ertragen, hatte er versagt. Das wusste er später. Diese Dichter waren ja von normalen Pennern und

Trebegängern nur in ihren inspirierten Augenblicken zu unterscheiden. Er konnte sein Unbehagen nicht überwinden, fühlte sich belästigt und infragegestellt, vielleicht auch deklassiert, obwohl niemand von ihm verlangte, ähnlich zu leben, um sein Genie zu beweisen. Im Gegenteil: Seine eigne erkennbar biedere Daseinsweise war die allgemein gebilligte und erwartete, auch für Künstler des ausgehenden 20. Jahrhunderts. Sie verhalten sich bürgerlich-ordentlich, zahlen Beiträge zur Sozialversicherung und zum Schriftstellerverband (den Mindestbeitrag) und empfangen das staatliche Kindergeld gern.

Aber herausgefordert durch jene stieß er auf den Verdacht, dass sich eine Schwäche seines Talents, eine artistische Hausbackenheit hinter seinem Unwillen verberge, die Begegnung mit solchen ungezähmten Künstlergestalten zu nutzen, um seinen wohlanständigen Tagesablauf zu sprengen – sich wenigstens mal richtig kumpelhaft vollaufen zu lassen und mit ihnen ein Wochenende hemmungslos zu versumpfen. Er schaffte das einfach nicht. Fand er sich dennoch mal mit ihnen in der Kneipe, saß er maulfaul neben ihren Witzen, ihren sich gegenseitig hochkitzelnden Einfällen, den Anekdoten früherer Kräche Happenings Abenteuer, die sie mit leuchtenden Augen und ansteckendem Gelächter in die Runde warfen. Manchmal fiel auch ihm eine erzählenswerte Episode ein, aber er hätte sie mit Gewalt in den nicht abreißenden Wortschwall pressen müssen, in dem es keine Lücken, keine Atempausen gab, weil jeder unerschöpflich in seinem Mitteilungsdrang schien und es nur darum ging, wie groß der eigne Anteil an dem flüchtigen Gesamtkunstwerk des Abends wurde. Er wusste, dass er mit ihnen nicht konkurrieren konnte, weder in den spontanen Phantasien noch im Saufen, da Alkohol ihn eher einschläferte als aufputschte. Er zog auch brav zweidreimal an dem kreisenden Joint, aber verspürte nicht die mindeste beflügelnde Wirkung. Keine Wortmeldung, keine Rednerliste galt hier. Ihre geistvollen Satzkaskaden musste er bewundern, lachte schon mal mit ihnen, aber die Hilflosigkeit, der er sich ausgeliefert fühlte, drückte ihn zusammen und ließ seine Gesichtszüge von innen gefrieren.

Hinter seiner Scheu vor Ausschweifungen, so argwöhnte er, verstecke sich wohl eine heimliche Sehnsucht nach solchen Erlebnissen. Er musste sie aber nicht aktiv unterdrücken – sein ängstlicher, zurückhaltender Charakter besorgte das unbewusst. Sein Leben hatte ihm einige Abenteuer beschert, doch existenziellen Gefahren hat er sich dabei nicht ausgesetzt. Es wäre, empfand er, unverantwortlich gegenüber seinem Auftrag gewesen. Er war sich zum Wegwerfen zu kostbar.

Die Begegnung mit den unbewussten Quellen und Antrieben seiner Existenz erlebte er als aufregend, manchmal auch als ärgerlich, seinen Widerspruch, seine Gegenwehr herausfordernd. In jungen Jahren hatte er nach seinen rationalen Einsichten und seinen emotionalen Wünschen gehandelt, hatte gegen die Widerstände von außen und seine eignen Unzulänglichkeiten angekämpft. Klare Sache – das tätige denkende Ich im Mittelpunkt. Kein Unbekannter hat sich eingemischt. Gott abgesetzt, die Eltern entfernt, wer wollte da noch reinreden.

Redete aber doch jemand.

So lange er seinen Körper als eine seiner Person dienliche Maschine verstanden hatte, die seinem Ich irgendwie zur Verfügung stand, ähnlich seinem Fahrrad, ließ er sich ohne Bedenken von Ärzten über Funktionen dieses Apparates unterrichten, den sie, in seiner medizinischen Verallgemeinerung, studiert hatten. Traten Funktionsstörungen auf, stellte er seinen Körper für ihre mechanischen oder chemischen Eingriffe zur Verfügung und erwartete umgehende Reparatur. Die soziale Selbstverständlichkeit dieser Verhaltensweise war so gewaltig und unbezweifelt, dass er sie nicht einzuüben brauchte.

Als ihm, dem damals jungen Mann, von älteren Freunden empfohlen wurde, in psychotherapeutische Behandlung zu gehen, um den Ursachen seines auffallenden Verhaltens und den lästigen Komplexen auf die Spur zu kommen, wies er dieses Ansinnen empört zurück als einen Anschlag auf seine persönliche Integrität, eine gut gemeinte, aber unzulässige Einmischung in seine ureigensten Angelegenheiten. Die zugemutete Psychotherapie erschien ihm wie ein geplanter Terroranschlag auf sein Ich, wie der Versuch, ihm den Naturdünger zu rauben, auf dem er seine literarischen Orchideen züchten wollte. Er bemerkte den Widerspruch nicht, dass er seine Seele, das Zentrum seiner Gefühle, durchaus mit seinem Intellekt in einer untrennbaren Verbindung verstand und beider Einheit verteidigte, jedoch seinen Körper, ihren materiellen Träger, im Notfall bedenkenlos den Chemikalien und Apparaten der Ingenieure überließ.

Übliche Reaktionen des Körpers wie Müdigkeit Hunger Frieren Durchfall oder auch die Schmerzen nach einer Verletzung fand er bei bekannter Ursache als in Ordnung und annehmbar. Jeder Motor reagiert auf falschen oder mangelnden Brennstoff mit Störungen und seine Verschleißteile müssen gelegentlich repariert werden. Einen freudig erregten oder depressiv verstimmten Elektromotor mit entsprechend höherer oder niederer Drehzahl kannte er aber nicht. Seine eignen sogenannten Gemütszustände, die seine Arbeitsergebnisse, sein Verhalten gegenüber andern Menschen ständig günstig oder störend beeinflussten, erlebte er in ungebrochner Direktheit und erkannte erst im Verlauf von Jahrzehnten seines Lebens die Relativität der Empfindungen, die ihm aktuell so voller Würde und unbezweifelbar erschienen. Zugleich lernte er, dass die Empfindungen durchaus mit körperlichen Vorgängen, mit von ihm unbemerkten chemischen und physikalischen Prozessen banaler Art verknüpft waren. Höchst subtil und unübersichtlich vernetzt allerdings. Selbst naturwissenschaftliche Fachleute tappten im Ungewissen vorwärts oder im Kreis; die humanmedizinische Forschung stieß auf immer neue Wunder in der Mikroorganisation der

Körper und fand wieder die Universalintelligenz alias Gott.

Ihn aber ärgerte, dass er seine inneren Körpervorgänge weder fühlen noch steuern konnte, dass sie sich ihm sogar widersetzten und seine Pläne vereitelten. Es war ihm fast unmöglich, solche Wirkungen aus seiner Binnenorganisation als eigne zu verstehen. Er empfand sie als Angriffe eines vertrackten Gegners, den er zu bekämpfen und seinem Willen zu unterwerfen versuchte. *Ich muss mich zwingen*, sagte er, bei einem Vortrag nicht einzuschlafen. Er kämpfte gegen das Schlafbedürfnis in seinem Kopf mit physischen Waffen, kniff sich ins Bein, stach sich mit Stecknadeln, die er vorsorglich mitbrachte, wanderte im Saal auf und ab, schrieb am Stehpult, schluckte spezielle Hirnnahrung, Kaffee, Weckamine, aber fragte nicht, wer das war, der da wen zwingen wollte.

Im Grunde war er mit der Organisation seiner wichtigsten Körpervorgänge ziemlich einverstanden – sein Herz benötigte keinen mechanischen oder willentlichen Impulsgeber, sein Magen verdaute die absurdesten Speisen in abenteuerlichen Mischungen und verwertete sie zweckmäßig in komplizierten chemischen Prozessen, seine Beine bewegten sich ohne zu zögern, ohne zu straucheln in die Richtung seiner Absichten, seine Schließmuskeln öffneten sich in den geeigneten Augenblicken. Kein Grund also, hier Einspruch zu erheben, die Unwillkürlichkeit der das Leben erhaltenden Mechanismen zu beklagen. Allerdings überschritten sie, das war nicht zu verkennen, eben doch des

Öfteren ihre Kompetenzen, machten besondere Umstände geltend, um Störungen hervorzurufen, die seinen Absichten zuwiderliefen. Am peinlichsten dabei jene Irritationen, die das Werkzeug seiner Verbindung zum andern Geschlecht in den ungelegensten Augenblicken lahmlegten.

Es war natürlich sein Bewusstsein, sein wacher, sprechender Intellekt, der Ich sagte und meinte. Nur bei einer Verletzung, bei einem physischen Schmerz schrie plötzlich – und jedes Mal überraschend – der Körper ICH! ICH!, während seine kontrollierende Intelligenz sich verflüchtigte, unterging. Doch musste er sich selten mit solchen Schmerzerfahrungen auseinandersetzen und vergaß sie daher wieder.

Etwas andres war die Belästigung, der Zeitverschleiß durch den dauernden Drang zur Nahrungseinfuhr und Müllausfuhr. War das Essen und Trinken noch weitgehend lustverbrämt und ließ sich auch großenteils nebenbei erledigen, so empfand er das Gegenteil als einen eklatanten Irrweg der Evolution. Leider weit verbreitet in der Schöpfung – besser gelöst nur in der Pflanzenwelt mit ihrem produktiven Verbrauch des Kohlendioxyds und der Photosynthese.

Die humane Zivilisation hatte zwar nach Überwindung des krassen Futterneids das Fressen zum Essen und weiter zum Speisen und Gastmahl, das Saufen zum Trinken und Gelage kultiviert, beim Kaffee oder Wein konnte man Gespräche führen oder Zeitung lesen, schreiben, aber die Entwicklung der menschlichen Fäkalproduktion war weit hinter die Griechen mit ihren geselligen, wasserdurchflossenen Gemeinschaftslatrinen zurückgefallen, und dass ein guter Franzose nur zu zweit pisse, wie das Sprichwort sagt, war allenfalls noch in den Reihenbecken der öffentlichen Männerklos eine verblassende Erinnerung.

An seiner Katze konnte er studieren, welche Gefahren die Natur für ihre Säugetiere allein durch den penetranten Geruch ihrer Ausscheidungen heraufbeschworen hatte – nach jedem Besuch ihres Katzenklos musste das sensible Tier mit seinem rosa Näschen instinkthaft überprüfen, ob es alle verräterischen Geruchsspuren zugescharrt hatte. Ganz zu schweigen von dem Zwang, sich mit der ebenso rosa Zunge den Hintern sauber zu lecken – nach menschlichen Gesichtspunkten eine offenbare Sauerei und seit dem goetheschen Götz als herausfordernde Beleidigung kanonisiert. Offensichtlich, dass eine geruchlose Ausscheidung der Reststoffe, wenn schon eine spurlose Verdunstung nicht erreicht werden konnte, den im Tierreich heute verbreiteten Verfahren überlegen gewesen wäre.

Leider hatten die Konstrukteure der Autoindustrie sich an den Rindviechern orientiert und ließen die giftigen Abgase der Verbrennungsmaschinen die Umwelt verpesten. Hätten sie jeden Autofahrer für die Beseitigung seiner Ausscheidungen verantwortlich gemacht, sich am Vorbild der Katzen orientierend, wäre längst das Solarmobil Standard und die Erderwärmung gestoppt.

In freier Wildbahn konnte er dem glitzernden Bogen, den er mit seiner Flöte produzierte, noch einen gewissen ästhetischen Reiz abgewinnen, aber wie selten war die Gelegenheit dazu im Dschungel der Großstadt! Der Alltag war das Klo, das stinkende Pissoir, das Warten auf das endliche Versiegen des Strahls – kostbare Minuten, die sich im Laufe des Tages mit Ein- und Auspacken auf eine halbe Stunde summieren konnten. Leicht auszurechnen, wie viele Monate seines Lebens er zu verpinkeln und verscheißen gezwungen wurde.

Neidvoll hörte er den rauschenden Wasserfall seiner Frau, die selbst nach langem Nachtschlaf in weniger als dreißig Sekunden das überfüllte Reservoir zu leeren vermochte.

Es gab also eindeutige Belege dafür, dass bessere Lösungen des Abwasserproblems möglich waren, als sie bei ihm zur Anwendung gekommen waren. Aber auf Veränderung seiner angeborenen Kanalisation konnte er in diesem Leben nicht hoffen. Er musste froh sein, wenn er den zu schnellen Verschleiß ihrer Verschlüsse verhindern konnte. Offizinelle Kürbiskerne waren das Mittel seiner Wahl, um eine für das siebte Jahrzehnt in Aussicht gestellte Herrenoperation möglichst lange hinauszuschieben.

Kaffee trank er in ausreichenden Mengen am Schreibtisch, ohne feste Beigabe, als KreislaufTreibstoff. Das Rauchen gehörte dazu. Seine Geschmacksknospen und sein Geruchssinn waren so konditioniert, dass dieses Getränk und sein spezifischer Geschmack ohne Tabakverbrennung unvollkommen blieben, wie er auch nicht rauchen mochte, weder Pfeife noch Zigarre, ohne an einer Tasse Kaffee nippen zu können. Unwichtig war die Menge der vertrunkenen Flüssigkeit – es kam vor allem darauf an, die Geschmackskomposition der beiden Rauschmittel in Mund und Nase aufrecht zu erhalten, um den Zustand produktiver Spannung herzustellen, ihn zu verlängern, zu bewahren.

Um seinen Tabakverbrauch zu begrenzen, nutzte er nur jene Darreichungsformen der Pflanze, die das Erlöschen und Wiederanzünden ermöglichten, eben: Zigarre, Zigarillo, Pfeife. Nicht nur die vom Bundesgesundheitsminister verbreiteten Warnungen – auch seine eignen Erfahrungen legten ihm Zurückhaltung auf: der fatale morgendliche Protest seiner verschleimten Bronchien, der sich in lautstarkem Husten und Räusperzwang äußerte, erbitterte ihn ebenso wie die unangenehme Empfindung der vom heißen Pfeifenteer verätzten Zunge und Mundschleimhaut. Zwar konnte man wissen, dass das Wiederanzünden verkohlten Tabaks dem Rauch besonders viel krebsfördernden Teer zusetzte, dem wirkte er aber durch Paffen entgegen. Er vermied seit jeher Lungenzüge und bewies sich so, dass er nicht nikotinabhängig war. Jeder Rachenkatarrh erinnerte ihn, dass Zungenkrebs, Kehlkopfkrebs statistisch äußerst selten vorkommen. Der B.B. und H.M. hatten es mit den Havannas wirklich übertrieben.

Mehrfach hatte er das Rauchen wegen der strapazierten Mund- und Halsorgane völlig aufgegeben, hatte die Pfeifen feierlich bei Nacht wie Hagen den Schatz im Rhein versenkt, einer entfernt wohnenden Geliebten zur endgültigen Aufbewahrung übergeben, sie den HamsemalneMark-Berbern am Bahnhof geschenkt, aber er war doch auf verschlungenen Wegen irgendwie hinterrücks wieder bei einer der mitteleuropäischen Formen von Tabakverbrennung angelangt. Da der Haupttatort seines Lasters der Schreibtisch war, erlaubte er sich in den tabakfreien Perioden gelegentlich in Gesellschaft mit Freunden ein angebotenes oder geschnorrtes Rauchzeug ohne Skrupel, so lange er nur ohne Aschenbecher am Arbeitsplatz produktiv blieb. Dennoch hatte sich mehrfach eine extreme Notlage, ein besonders schwieriger Anfang eingestellt, der denn doch nur mit dem vertrauten Hilfsmittel zu bewältigen war. So jedenfalls lautete der Freispruch.

Er schloss aus dieser Langzeitstudie seines Verhaltens, dass nicht allein das Nikotingift den Raucher konditioniert. Vielmehr musste er annehmen, dass seine Gewohnheit, an Pfeifenstielen und Zigarrenstummeln stundenlang herumzukauen, weniger der Tabakeinsparung diente, als dass sie seinen frühkindlich unerfüllt gebliebnen Saug- und Lutschtrieb nachträglich stillte. In seinen Enthaltsamkeitsphasen wuchs sein Verbrauch von Zahnstochern und Kaugummis, während seine Neigung zu Brustnippeln davon unabhängig war.

Wie stark das in seinem Körper vegetierende Unbewusste sich einmischt in Äußerungen, die eigentlich ihm selbst unterstehen, merkt er an der Feinmotorik seiner Hand, die seine Schrift herstellt, wenn er auf Papier schreibt. Das Produkt gefällt ihm nicht. Es gehört zu ihm wie ein alter Ehering, der sich nicht mehr vom Finger ziehen lässt. Er vergisst seine Handschrift, da er sie täglich gebraucht, um etwas aufzuschreiben, nicht um eine schöne oder ausdrucksvolle Schrift herzustellen. So wie er seine Stimme verwendet, um etwas zu sagen, nicht um Töne von sich zu geben. Schrift und Stimme liegen einfach in ihm bereit, lassen sich nur mit angestrengter Aufmerksamkeit für kürzere Zeit verändern.

Sieht er das Ergebnis seines Schreibens vor sich und betrachtet es formal, verfremdet, unabhängig vom Textinhalt, erschrickt er. Schreibt er für die Lektüre andrer, etwa Briefe, bemüht er sich um größere Schriftzüge, bei denen möglichst jeder Buchstabe seine Form an die der schulischen Vorgabe annähert. Das gelingt ihm so ungenügend, vor allem beim Schreiben auf unliniertem Briefpapier, dass ihn das Ergebnis ärgert und verunsichert. Die Schriftzeilen laufen zunehmend schiefer über das Papier. Der vordere Seitenrand wird von Zeile zu Zeile breiter, als wirke die linke Papierkante abstoßend auf das je erste Wort. Rechts dagegen bleibt nie Raum, diese Kante scheint attraktiv zu wirken. Eigentlich unerträglich und auch unerklärlich findet er die unterschiedliche Ausrichtung der Buchstaben, besonders der augenfälligeren Großbuchstaben. Den Schreibakt hat er, da es sich um einen locker familiären Brief handelt, doch zügig und fortlaufend ausgeführt – dennoch ist bei näherer Draufsicht unverkennbar, dass die Buchstaben mal senkrecht, mal linksgeneigt, mal rechtsgeneigt dastehn, als hätte die Erde, das Haus, der Schreibtisch gewackelt. Was beim flüchtig-schnellen Hinsehn über die Seite weg noch ein einigermaßen zusammenhängendes Schriftbild ergibt, wirkt im Detail verzappelt zufällig unzuverlässig. Das Produkt einer verwirrten Hand.

Diese Schrift beschämte ihn, er fand sich in ihr entblößt und entlarvt. Nur ausnahmsweise bemühte er sie deshalb statt der Schreibmaschine oder des Computers, wenn der Widerwille gegen die Benutzung der elektrischen Maschinen übermächtig war. Manchmal auch, wenn er dem Empfänger seine persönliche Wertschätzung oder Zuneigung ausdrücken wollte. Obwohl das handgeschriebene Produkt für jenen eigentlich eher eine Zumutung sein musste. Das aber könnte der nicht erfahren, erhielte er als erstes ein Typoskript, unter dem nur der Name handschriftlich ausgeführt ist. Also bemühte er sich um lesbare Schrift, vermehrte aber durch die Anstrengung eher den Wirrwarr. Beim Schreibakt selbst wurde ihm das nicht deutlich – erst beim Durchlesen des Ergebnisses. Beleidigend, wie sich die frühkindliche Prägung hier gegen seinen Willen und seine Anstrengung durchsetzte. Versuchte er, einige Buchstaben, die sich aus seiner Schnellschrift in die gewollt ausgeschriebene gedrängt hatten, nachträglich eine bessere, lesbarere Form zu geben, wurde das Bild noch kränker.

Seine mit spitzem Blei geschriebenen Manuskriptblätter sagten ihm eher zu. Zwar dürfte sie ein andrer nur mit Hilfe eines textidentischen Typoskripts entziffern können, und sogar er selbst musste manchmal erst den Zusammenhang wiederfinden, um die Sätze richtig zu erkennen und in die Maschine tippen zu können. Fielen ihm jedoch – beim Archivieren – Seiten älterer Manuskripte in die Hand, konnte er sich gut vorstellen, dass ein Liebhaber Blätter wie diese mit seinen Korrekturen Ergänzungen Streichungen und Flecken verschiedener Herkunft (Tee Tränen Schweiß Wein) als Grafiken einrahmen und an die Wand hängen würde. Als sprechendes, im doppelten Sinn ästhetisches Dokument eines schöpferischen Prozesses. Es schien jedenfalls eine Bedeutung über den Inhalt seiner Sätze hinaus zu zeigen, auch eine gewisse zufallsgesteuerte Originalität.

Diese unkontrollierte Arbeitsschrift, die nicht der Kommunikation diente, sondern dem Fixieren seiner Gedanken, muss man kleinzügig nennen. Es ist eine Schrift mit der Tendenz zur geraden Linie, die von einigen Senkrechten und aufrecht stehenden Bögen daran gehindert wurde, völlig ins Horizontale zu verschwinden. Bestimmte, häufig vorkommende Buchstabenfolgen existierten lediglich als waagerechte Striche. Eigentlich bauchige Vokale waren zu Punkten und Häkchen verkümmert. Eine Schrift, die versucht, sich zu verkriechen. Ins Gegenteil ihrer Absicht. Da auf einem weißen

Blatt schlecht verkriechen ist, versteckte sie sich in sich selbst. Sie wehrte ab, gelesen zu werden. Wenn er sich wunderte, dass sich aus diesen so stark reduzierten semantischen Hinweisen sinnvolle Sätze entziffern ließen, verstand er, dass man die arabische Schrift lesen kann. Aber vielleicht kannte er auch nur seine Sätze zu gut.

Beim Wiederlesen sehr früher Schriftproben – zurückerstattete Liebesbriefe, erste, wühlerische Ergüsse oder verquaste Gedichte, die er als materielle Beweise seines weggesunkenen Lebens aufbewahrt hat – erkannte er auf diesen Blättern Zeichenkombinationen in charakteristischen Schreibweisen, mit denen er später Kämpfe angefangen hatte, um sie zu verändern. Er hatte sich über sie erbost, sie verletzten sein ästhetisches Empfinden, und er fand es bestürzend, dass sie trotz vieler Korrekturbemühungen unverändert seine Schrift verhunzten. Er meinte, sich bewegt, sich verbessert zu haben, durch Erfahrung, persönliche Reifung. Am Inhalt der Texte war das auch abzulesen. Aber zugleich sah er hier vor Augen den Beweis, dass er sich irgendwann als Schüler (Schrift: Vier) festgeschrieben hatte in einem Gefängnis. Eine gewisse Entwicklung zu mehr Geläufigkeit und Souveränität gegenüber dem gesellschaftlichen Kanon der Schrift war zwar auszumachen, aber er fand weder Eleganz noch Stil in diesen Gebilden. Die immer wieder wegrutschenden, haltlosen Ch und Sch waren die widerwärtigsten Belege für die Unterjochung seines freien Willens durch den Zwang verinnerlichter Gewohnheiten.

Wenn seine Frau ihm von der Klassenreise einen Brief schrieb oder einen Notizzettel wegen ihrer abendlichen Abwesenheit, und er darauf verfiel, ihre und seine Handschrift zu vergleichen, deprimierte ihn die sichtbare Überlegenheit ihrer großzügigen, weitausgreifenden Schreibweise, die in flüssigen Rundungen und in diesen Fluss harmonisch hineingezognen, angebrochnen Vertikalen über die Zeilen lief. Federte. Schwang.

Vielleicht, verdächtigte er sich, war seine Kurz-undKleinschrift gesteuert von dem unausgesprochnen Bedürfnis, Papier zu sparen? Zwar ließ er links den unerlässlichen Korrekturrand großzügig, aber für Manuskripte benutzte er nie ungebrauchtes Papier, sondern die Rückseiten irgendwelcher verworfner Typoskripte, zugeschickter Drucksachen. Davon gab es übergenug, und auch wenn er von Rand zu Rand und nur vier oder fünf Worte in jede Zeile geschrieben hätte wie Olga, wäre ihm das Konzeptpapier nie ausgegangen.

Ihre Schrift war triftig, fundiert, mit tiefliegendem Schwerpunkt wie der im Becken gravierende Körper der Frauen. Er konnte ihre flächigen Ausrufezeichen bewundern, die fast plastisch wirkten – ein mit seiner Spitze auf eine Kugel wuchtig herabstürzender Hinkelstein kurz vor dem donnernden Einschlag. Ein schmächtiger Strichpunkt, ein abgeschnittenes Fädchen dagegen zur Bezeichnung seiner Emphase. Deutlich schilderten die Schriften, dass die Frau einen strömenden Gedankenfluss niederbrachte, der sich vielleicht zuvor in ihrem Hirn gesammelt hatte, während er aus einer Suchbewegung schrieb, die sich assoziativ von einem Wort oder einer Wortgruppe zur nächsten zu hangeln schien. Selbst die Buchstaben eines Wortes, bemerkte er beim skrupulösen Hinsehn, waren oft noch voneinander getrennt, ohne Notwendigkeit auseinandergerissen, als fürchteten sie die Berührung des Nachbarn. Er fragte sich, ob dies eine ungewollte Widerspiegelung seiner zunehmenden Menschenscheu sei.

Als verkniffen und zerrissen hätte ein Graphologe vermutlich seine Schrift gekennzeichnet, vielleicht auch als intellektuell eingetrocknet und blutleer. Das Konversationslexikon konnte ihn in dieser Hinsicht allerdings halbwegs beruhigen; es versicherte, dass die platte Übertragung eines SchriftbildCharakters auf den des Urhebers unzulässig weil irreführend sei.

Dazu passte, dass augenblickliche Stimmungen des Schreibers oder der Schreiberin keinen erkennbaren Einfluss auf ihre Schriftbilder haben. Er konnte keinen Unterschied zwischen jenen Briefen feststellen, die seine Frau ihm aus tiefster Verzweiflung über den Tod ihres Sohnes geschrieben hatte, und den heiteren oder nachdenklichen Liebesbriefen ihrer ersten gemeinsamen Jahre.

Noch deutlicher zeigten Schreibmaschine und Buchdruck, dass Qualität oder Farbe eines Textes nicht von der Handschrift des Verfassers geprägt wird – kein Interpret würde auf die Idee verfallen, aus einem gedruckten Text Rückschlüsse zu ziehen auf die Handschrift, in der er ursprünglich geschrieben wurde oder gar zu versuchen, sie zu rekonstruieren.

Öfter hatten ihm kleinmütige Freunde, in Liebe oder ähnlichem verbundene Frauen mit Bühnenerfahrung, geraten, kurze Stücke mit wenigen Rollen zu schreiben, die sich für am Rande der öffentlichen Aufmerksamkeit operierende OffTheater eigneten. Einakter wären einfacher herzustellen und auch für den Etat ein geringeres, weniger kostspieliges Risiko als die Uraufführung eines unbekannten Schauspiels mit zwanzig Akteuren im Großen Haus. Eher ließen sich Dramulette jüngerer, wenig bekannter Autoren für die Theaterleitungen vor den kommunalen Geldgebern motivieren, seien wohl auch ausdrücklich willkommen auf dem Spielplan, weil sie die Experimentierfreude der Dramaturgie, die Förderung der Nachwuchstalente, die Versorgung der Besucherminderheiten mit provozierenden, gesellschaftskritischen Themen bewiesen. Die Spielpläne der großen Häuser dagegen seien ausgerichtet auf den Geschmack der Theatergemeinden und städtischen Honoratioren. Die Starregisseure zeigten ihre Originalität in der unübertreffbar umstürzenden Neuinterpretation des *Macbeth* oder *Puntila*, nicht an den unausgewiesenen Versuchen zweifelhafter Neulinge. Ein ausgewachsner Dreiakter eines noch grünen deutschen Dramatikers könnte für sie schon deshalb nichts Bemerkenswertes sein, weil der Autor durch das Schreiben eines solchen Stückes seine Naivität und Unkenntnis der Erfordernisse des deutschen Theaters offenbarte.

Ihm waren die Höhen und Niederungen der Theaterlandschaft vertraut oder doch zumindest im Laufe der Jahrzehnte durch seine praktische Inspektion der Theaterbevölkerung bekannter geworden. Als junger Heißsporn hatte er auf die Ratschläge der Fachleute gepfiffen und mit noch ungestutzter Frechheit beabsichtigt, die deutsche GuckkastenBühne mit ihren verengten Sehgewohnheiten aus der Welt zu schaffen und für Boxringe und fahrbare Plattformen, sprich: Lastwagen zu schreiben. Er gedachte, von oben einzusteigen, wie Schiller und Büchner: mit dem genialen ersten Wurf sich in die Literaturgeschichte seines Jahrhunderts einzuprägen. Sein zweites Stück hatte er bereits als totales Happening für ein ZeltTheater entworfen, das alle klassischen Regeln durchbrach. Es war geschrieben wie die Partitur einer Oper, in der Menschen, Generäle, Hunde, Gänse und Negerkinder sowie die *Sonne* und die *Seele* persönlich auftraten, wurde von überrealistischen Bildprojektionen und Klangspielen aus einer MusikMaschine begleitet, und das Publikum wurde aufgefordert, die Kriegstreiber im Zelt und in der Regierung zu verhaften. Statt dessen schmissen die StraußAnhänger Eier und Tomaten auf die Akteure.

Später sollte es mehr als antibürgerliches Theater sein: Freiheitsruf. Er wollte mit revolutionären Komödien die verehrte ArbeiterKlasse aufrütteln, den gesellschaftlichen Aufstand im industrialisierten Bauch der Republik loszutreten. Der Dreiakter hätte den Durchbruch schaffen können, mehrere Dramaturgen hatten Appetit gezeigt auf das Lustspiel mit dem bis dahin exotisch proletarischen Personal. Aber keiner dieser notorischen Feiglinge in den Intendantensesseln wollte ein Stück zulassen, das den Kanzlersturz als Altersgrille eines rheumatischen roten Trotzkopfs erwog, der sich an die Spitze einer revolutionären Arbeiterwehr träumte. Der Boykott seines Stückes funktionierte wie par ordre de Mufti und bestärkte ihn in der Hoffnung, ein unerkannter Kleist oder Grabbe des späten zwanzigsten Jahrhunderts zu sein, dessen Zeit noch nicht gekommen sei. Er ließ sich nicht einflüstern, es sei vorteilhaft und für die Kontrollgremien überzeugender, Personen darzustellen, die ausweglos, in Mülltonnen oder Straßengräben auf den Erlöser Godot wartend, in ihren gesellschaftlichen Fesseln vergammelten oder scheiterten in blinder und deshalb ohnmächtiger Auflehnung gegen die schicksalhafte Verderbnis ihrer Mitmenschen. In donquichotesker Verkennung der Machtverhältnisse focht er weiter gegen die Mühlenflügel des Kapitals, entwarf nur noch Tragödien und konnte auch privat kaum mehr lachen.

Missbilligt hat er jene Zunftbrüder, die sich der ungeschriebnen Agenda des Literaturmarktes anpassten, in jedem Jahr eine auf hundertfünfzig Seiten geplusterte Seifenblase zwischen zwei Buchdeckeln, eine abgeschmackte Scharlatanerie für die Freilichtbühne von Schwabedissen zusammenkratzten, um in den Köpfen der Kritiker, in den Auslagen der Buchhändler gegenwärtig zu bleiben. Als böte nur dieser hemmungslose Kampf um öffentliche Beachtung Sicherheit gegen das Verschwinden, das Vergessenwerden der kürzlich erst aus der Namenlosigkeit Hochgehievten.

Offenbar litten diese nicht unter dem Auftrag, dem Weltgeist eine gediegene, ausgereifte Neuigkeit mitteilen zu müssen. Vielleicht ging es ihnen auch wie manchen von Schwangerschaft und Geburt faszinierten Müttern, die ohne ein jährlich geborenes Kind nicht glücklich sind. Immerhin kannte auch er das wohltuende Gefühl des Lesens der eignen Korrekturfahnen und die sonnige Befriedigung jener Feiertage, an denen ein neues Kopfkind druckfrisch vom Verlag übersandt wurde und anfassbar, herzeigbar auf dem Schreibtisch lag. Auch genoss er die heiter gelösten Stadtbummel in der Erscheinungswoche mit dem Zweck der verstohlenen Kontrolle, ob der Titel im Schaufenster oder gar auf dem Kassentisch der Buchhändler lag oder doch zu bestellen vergessen worden war, was der incognito auftretende Autor dann schleunig nachzuholen empfahl. Kleinzügige Gefühle, deren er sich geschämt hatte, als er sie bei sich selbst erlebte. Als hätte das Schaffen eines haltbaren Werks mit seiner Präsentation im Buchhandel zu tun!

Fand er bei Streifzügen in den Modernen Antiquariaten der Innenstadt Bücher seiner hochgehandelten Kollegen, so kontrollierte er das Datum des Copyrights. Er war schon auch empört darüber, wie schnell die Verleger ihre Lager räumten von eben, vor einem oder zwei Jahren, erschienenen Halbleinenbänden oder Taschenbüchern. Fast jeder Schriftsteller war betroffen von der unverblümten Hektik, mit der die vormals gebildeten Verleger ihre schöngeistigen Glacé-Handschuhe wegwarfen, Gedrucktes als Ware auf dem Informationsmarkt entdeckten und auf immer schnelleren Umsatz, auf Vermehrung ihres den Autoren abgesparten Kapitals drängten, statt geduldig das allmähliche Aufblühen der Werke im Bewusstsein der nationalen Leserschaft zu fördern. Verständlich noch, dass die Saisonware der Schnellschreiber auf den Wühltischen der Kaufhäuser zwischen Parfümerien und Miederwaren ihr Zielpublikum fand. Aber auch einmalige Dichtungen, Ergebnisse jahrelanger Askesen, versammelten sich in den Ramschkisten der wegwerfenden Gesellschaft, während ihre Urheber noch unter den Folgen der Verausgabung ihrer Lebenskraft litten.

Immerhin war mit dieser schnöden Praxis der Verlage ein Sozialisierungseffekt verbunden und er freute sich über die Gelegenheit, unerschwinglich teure Neuerscheinungen zum halben Preis oder noch billiger abzugreifen. Er tat das weniger aus einem Bedürfnis nach der bis dahin vorenthaltenen Lektüre als aus vorausschauender Sammelsucht – irgendwann konnte ihn die Lust oder die Neugier überkommen, sich genauer über die Arbeit des Kollegen zu informieren, seine handwerklichen Raffinessen und Dummheiten mit den eignen zu vergleichen: einmal mehr den Abstand zwischen den tirilierenden Minnegesängen der Feuilletonritter und der faden Realität der meist eben doch wasserdünnen Werke festzustellen. Selten kaufte er ein neu erschienenes Buch zum vollen Preis. Trotzdem drängelten sich auf seinen Bücherregalen die nur in Stichproben oder gar nicht gelesenen Neuausgaben zu Hunderten – Rezensionsexemplare, Geschenke, Ramschschnäppchen.

Auf den Schrottplätzen des Literaturbetriebs hielt er sich aber auch deshalb häufiger auf, weil es ihm eine – kaum eingestandene – Genugtuung verschaffte, bestätigt zu finden, dass es den emsigen und gepriesenen Kollegen nichts nutzte, sich den Umsatzwünschen ihrer Verleger zu unterwerfen und literarische Modeartikel zu produzieren wie Ratten Junge, dass sie mit ihrer Schreibgier Schattenkämpfe fochten gegen das wilde Vergessen der reizüberfluteten Gesellschaft. Je mehr Bücher sie in den Ring warfen, desto schneller verschlang sie das graue Rauschen.

Es war unleugbar, dass jene mit ihrer Arbeit Geld verdienten, einfach voll im Geschäft waren, aber das machte sie in seinen Augen erst wirklich verächtlich.

Er konnte nicht leugnen, für seine literarischen Produkte angemessene Honorare zu erwarten und auch um deren Höhe zu handeln, falls er in einer starken Position war, weil sein Text überzeugt hatte. Dennoch war er sicher, nicht für Geld zu schreiben. Auftragsarbeiten hatte er nie angenommen, seine Themen und Projekte selbst gewählt, sie vielleicht mit einem Dramaturgen oder Lektor in großen Zügen abgesprochen und sie dann selbständig ausgearbeitet. Danach erst diskutierte er mit den Sachverständigen über die Verwirklichung des Werks im Druck, auf der Bühne oder im Rundfunk.

Viele Autoren hielten es für zweckdienlich, Vorschüsse für ihr nächstes, noch ungeschriebenes Werk mit dem Verleger oder dem Intendanten auszuhandeln. Dazu gehörte, sich auf einen Abliefertermin vertraglich festzulegen. Für ein zugesichertes Monatssalär begaben sie sich damit in eine Abhängigkeit von Zeit und Auftraggeber, die er für unerträglich und ehrlos hielt, obwohl sich manch einer damit brüsten konnte, allein durch das Prestige seines Namens den Geldgeber motiviert zu haben, ein starkes Stück Kapital in ein nichtexistentes Objekt, eine Idee, einen Entwurf, zu investieren. Sie trugen ihren Kopf in die Pfandkreditanstalt und waren stolz, dass er dort als Wertobjekt beliehen wurde. Dass diese Leichtfüße sich damit verschuldeten und zu unkalkulierbaren Leistungen verpflichteten, schien sie entweder nicht zu kümmern oder sie achteten das Risiko aus genialischem Übermut gering. Je höher der Vorschuss, rechneten sie forsch, desto größer würde das Engagement des Verwerters sein, das Werk dann auch in erfolgversprechender Weise zu bewerben, um die Investition zu amortisieren. Undenkbar für ihn, sich so zu verkaufen.

Ausgekochte Trivialautoren erklärten jedem Talkmaster ungeniert, der Leser sei ihr Gott und König. Sie benutzten ausgebuffte Kniffe, erzeugten zynisch ValiumPillen gegen die Zumutungen der Gesellschaft, die ihnen Erfolg bei den *BILD*verseuchten Millionen garantierten. Programmierte Bestseller im freiwilligen Dienst der Volksverdummung. Der Schreiberling, mutiert zum AuflagenKrösus, dessen Lorbeerblätter die Deutsche Bundesbank druckt. Diese Verräter ihres Talents beneidete er nicht einmal im Traum.

Banale Angeberei war in seinem Biotop nicht verbreitet. Er kannte wenige Kollegen wie den Schriftsteller M. v. G., der schon auf der Buchmesse jedem beim geringsten Anlass (ein *Na wie gehts?* genügte) umgehend mitteilte, an wie viele Orte ihn seine Lesereise führen würde, wie hoch sein Mindesthonorar pro Abend sei (weit über dem Durchschnitt), unter dem sein Verlag keine Lesung vereinbaren dürfe, wie viele ÜbersetzungsLizenzen für seinen neuen Roman bereits vergeben seien. Meist wurden einem solche Erfolgsnachrichten sehr diskret und scheinbar widerwillig, als gäbe man Geschäftsgeheimnisse preis, auf Schriftstellertreffen abends beim Wein überreicht und damit – bei aller kollegialen Duldung – die unausgesprochene Rangordnung der Zunft klargestellt.

Subtile Verhaltensweisen musste er erlernen, um den Stolz auf die verkannte eigne Arbeit aufrechtzuerhalten, ihren wirklichen Wert zu verdeutlichen, ohne über solche gemeingültigen Ausweise zu verfügen und ohne andrerseits als einer der Wichtigtuer zu erscheinen, die ihre fachliche Unterbelichtung durch ruhmredige Hinweise auf bedeutende Freunde und internationale Auftritte zu verschleiern suchten.

Er durchschaute die psychologischen Strategien, hatte seine Naivität gegenüber den Branchengepflogenheiten längst verloren. Er hatte gelernt, dass Großagrarier und Schrebergärtner sich dadurch unterschieden, wie intelligent oder verbissen einer mit den Stammessitten spielte. Zugespitzt formuliert waren diese so zu bedienen, dass weder er selbst noch die Mitbewerber es bemerkten. Geschickt, das heißt mit kühler Selbstverständlichkeit, musste man die in der vergangenen Woche aufgesammelten Lesefrüchte mit jedem beliebigen Gesprächsthema in Verbindung bringen können, so als hätte man die eingeflochtnen Zitate aus dem unerschöpflichen Vorrat seiner Literaturkenntnisse eben mal en passant hervorgezupft.

Taktisch falsch verhielte er sich, würde er einer Kollegin, die aufgeregt von der gemeinsamen Lesereise mit S. L. durch die Goethe-Institute Südamerikas schwärmte, durch den platten Hinweis auf sein kürzliches Gespräch mit M. W. antworten. So etwas klänge nach hilfloser Retourkutsche. Statt dessen war M. W. mit einem Ausspruch zu zitieren, den er, erkennbar an seinem intimen Charakter, nicht auf einer öffentlichen Veranstaltung, sondern nur im vertraulichen Gespräch geäußert haben konnte. Also etwa, dass man W. zu einer Lesereise mit seiner schreibenden Tochter L. eingeladen, er aber abgelehnt habe, denn sie müsse ja wirklich aus dem Schatten ihres Vaters heraustreten. Dazu gehört beiläufig mindestens ein Satz in direkter Redeform: *Verstehst du – sagt er zu mir – das Mädchen muss sich doch wirklich mal freischwimmen!* So konnte er schon eine beneidenswerte Vertrautheit mit dem bekannten Schriftsteller und seiner

Familie signalisieren, die der Amerika-Reise mit S. L. an Bedeutung wahrscheinlich überlegen war. Gespräche waren das über die Schönheit der Seifenblasen, die Verzierungen von Luftschlössern.

Saß ein Kollege am Tisch, dem er zuvor zum Fünftausendmark-Preis der Dinkelsbühler Literaturgesellschaft gratulieren musste, so brachte er nun das Gespräch auf die Inflation der Literaturpreise, die zu einer allgemeinen Entwertung solcher angesehner Auszeichnungen geführt habe und, sekundierten ihm andre übergangne Kollegen, nur noch dem Selbstschmuck der aufwertungsbedürftigen Preisverleiher und Mäzenaten dienten. Eigentlich feierten die doch sich selbst.

So wurde einem angedeutet (wenn auch nicht sehr glaubhaft), dass man in Wirklichkeit froh war, durch eine derart missbräuchliche Anwendung des einst ehrwürdigen und erstrebenswerten Instituts Literaturpreis nicht beleidigt worden zu sein, ja dass die eigentliche Auszeichnung gerade darin zu sehen sei, durch derlei Silber nicht bestochen zu werden.

Er spielte auf dem Instrument wie sein Enkelkind den Flohwalzer auf dem Klavier. Er konnte den Code verstehn, aber nur stotternd selbst bedienen. Der nötige Witz stand ihm zur Verfügung, aber erst auf der Treppe, auf dem Klo oder im Bett. Manchmal, wenn es um höhere Beträge ging, verfasste er *Fußnoten* oder *Nachträge* zu Gesprächen, verschickte sie brieflich in der Hoffnung, so den abgefahrnen Dampfer noch zu erreichen. Ein mattes, trauriges Nachwinken wars. Meist schwieg er lieber bedeutsam und ließ so durchblicken, dass ihn das eitle Spiegelfechten ankotze. Das brachte ihn bei schwachen Menschenkennern in den Geruch, ein arroganter Typ zu sein. Das Gegenteil war der Fall.

Dennoch hielt er daran fest, etwa alle zwei Jahre an einer Versammlung der Schriftsteller teilzunehmen. Er missachtete das Risiko unerwarteter Angriffe, peinlicher Begegnungen, um das Gefühl zu genießen, unter Geschöpfen aus der gleichen Herde zu sein. Bei allem Erfolgsneid gab es auch das Wissen der gemeinsamen Gefährdung. Er wollte sich bestätigen, dass er im nationalen Netzwerk der Literaturhersteller noch Anschluss besaß und Vertraute und Freunde, die er zur Begrüßung umarmen konnte. Er verkniff sich die Vorstellung, wie herablassend oder spöttisch womöglich auch sie im Augenblick der Umarmung über ihn dachten. Im Hintergrund jeder persönlichen Neigung lauerte immer unausgesprochen das ästhetische Urteil.

Kehrte er von einem Kongress (Gewerkschaft, Universität, Schriftstellerverband) in die Nähe seines Schreibtisches zurück, mit dem dringenden Wunsch, den zuvor verlassnen Text weiterzutreiben, fühlte er sich trocken, leer wie ein Bierfass nach der Party. Keine Hoffnung, da je wieder etwas abzuzapfen, so war die Empfindung. Tagelang umschlich er sich, belauerte sich, auf der Suche nach dem springenden Quell seiner Fantasie im saharischen Gelände, wurde finster und bissig, verfluchte seine eskapistische Reiselust, verfluchte seinen Wunsch, Literatur zu schaffen, verfluchte dieses gottverdammte Gebirge von einem Epochenstück.

Wie magnetisch festgehalten kreisten seine Gedanken um gewisse der erlebten Personen, die ihn hochmütig missachtet belächelt angepflaumt hatten, kurvten um Gespräche, in denen er die schlagende Antwort schuldig geblieben war, wiederholten und verbesserten in schlaflosen Nachtstunden seine spontanen Redebeiträge, ärgerten oder empörten ihn bis zu Herzrasen, schürten seine Wut über das Vereiteln seiner vernünftigen Vorschläge und den Frust über die Nutzlosigkeit dieser Nachgedanken.

Die inhaltsarmen Worthülsen des vorherrschenden KongressJargons, die Metawirklichkeit ihrer verblasnen Inhalte, legten sich dann als grauer Schleier über seine Binnenwelt und machten sie abweisend gegen die Schürfversuche seiner poetischen Werkzeuge. Es war der Sprachschutt, den er sich hatte ins Ohr kippen lassen, den er selbst als einziges Verständigungsmittel in den Mund genommen, zu Staub zerkaut hatte, und den er in der Einsamkeit vor dem Papier nicht mehr los wurde – so hatte der sich über seine Gedanken gebreitet. Ein Hirnkrampf?

Der konnte sich lösen wie das stille Verblassen einer Migräne, wenn er sich ein Buch aus den Regalen griff, ein unbezweifelbares Meisterwerk, sich vollaufen ließ von schöner Literatur, besoff an Poesie – ein Sprachdieb, den der Geist des Dichters inspirierte, bis sein eigner in Schwingung geriet und wieder Töne erzeugen konnte.

Die physikalischen Grundlagen dieser Vorgänge im Binnenraum seines Schädels waren ihm unbekannt – nur zu vertraut aber das Phänomen des Ausdörrens durch die Benutzung der politischen und wissenschaftlichen Sprachspreu und die Wiederbewässerung durch Literatur. Obwohl er sich diesen Sachverhalt erlebt hatte, konnte er ihn doch nicht in der Weise steuern wie das Aufleuchten einer Glühlampe durch die Zuführung von Strom. Vielmehr musste er zuvor seinen Ehrgeiz scheitern lassen, der aus eigner Kraft und original die Birne entzünden wollte. Erst die Verzweiflung, dann die Erleuchtung, so wollte es die Natur seiner Ganglien. Vielleicht sind die seine neuralen Landschaften verheerenden Folgen solcher Kongresse zu verstehen als eine Art Verseuchung, deren Wirkung erst durch eine starke Dosis poetischen Gegengifts verschwindet.

Ein besonderes Merkmal des Dichters war sein unerschöpfliches Bedürfnis nach Klarheit. Er vermied Räume ohne Fenster und hasste verdreckte Scheiben. Mit Schaudern stellte er sich das Vegetieren von Höhlenbewohnern und Gefängnisinsassen vor. Die Isolierung von Gefangenen in schalltoten taglosen Zellen – eine der schlimmsten Foltern, die Menschen für ihresgleichen sich ausgedacht haben. Er war süchtig nach Licht, ließ größere Fenster in seinen Arbeitszimmern einbauen, erstieg Türme und Berge, um seine Horizonte zu dehnen, und wenn er eine längere Strecke bei Freunden im

Auto fuhr, musste er zuvor an einer Tankstelle die Fenster säubern, besonders bei Sonnenschein, weil sich sonst seine Blicke, schien ihm, an dem Schmutz scheuerten, statt unbehindert durch die Landschaft zu streifen. Er wurde belächelt wegen dieser Marotte, auch verspottet, ließ sich aber nicht beirren, so hartnäckig war sein Verlangen. Gegen Abend konnte er immerhin darauf verweisen, dass in der bald einbrechenden Dunkelheit die Scheinwerfer des Gegenverkehrs bei ungeputzter Windschutzscheibe viel stärker blenden würden, es sich also nicht um einen Reinlichkeitsfimmel handle, wenn man sie säubere. Gern sah er den professionellen Schaufenster-Putzern, ihren schwungvollen Armbewegungen mit Schwamm und Ledertuch zu und studierte ihre Technik, um sie zu Hause an den eignen Fenstern zu bewähren.

Sein, wenn auch zwanghaftes, Bedürfnis nach klarer Sicht verstand er als Ausdruck seines unstillbaren Verlangens nach Durchblick, nach Erkenntnis. Bei ihm wichtigen Menschen war er bestürzt darüber, dass sie klaglos, ja offenbar sogar ohne das trübe Hindernis zu bemerken, durch empörend vernachlässigte Fensterscheiben blickten oder – das komplementäre Phänomen – überhaupt nicht den Wunsch zum Hinausschaun verspürten. Er setzte sich in jedem Veranstaltungsraum möglichst so, dass seine Blicke von Zeit zu Zeit in einer offenen Weite promenieren konnten. Wer es ihm nicht gleichtat, erschien ihm wie ein Theaterbesucher, der sich mit dem Rücken zur Bühne setzt. Ein Vogel, der hühnerhaft aufs Fliegen verzichtet. Tatsächlich musste er sich immer wieder mit Personen kabbeln, die wegen einfallender Sonnenstrahlen Jalousien herabließen oder Vorhänge schlossen! Licht, Klarheit, Weite, Sonne – das sind die Sehnsuchtsfreuden seiner Augen, die ihn auch in den Süden, ans Mittelmeer zogen. Dort öffnete er in jedem Zimmer, das er betrat, als erstes die Fensterläden, allen HitzeErfahrungen der Südländer zum Trotz. Er schlief auch nie in künstlich verdunkelten Räumen.

Manchmal argwöhnte er, dass seine Gier nach Klarheit ein Ausdruck des Mangels sei. Eine Kompensation. Er hatte gemerkt: Er gehörte nicht zu den schnellsten Köpfen. Es fehlte ihm an selbsttätigem Scharfsinn. Er konnte sich nicht aufs Bett legen oder ans Fenster stellen und drauflos denken. Erst im Gespräch mit klugen Menschen entfaltete sich sein Denkvermögen zufriedenstellend, entwickelte sich in der Auseinandersetzung mit intelligenten Vorträgen und Aufsätzen, die ihn zum Widerspruch herausforderten, seinen Assoziationen die Fahrbahn lieferten, von der er ins Eigne abbiegen konnte.

Er bewunderte Leute – Wissenschaftler, Philosophen –, deren begabtem(?) trainiertem(?) Verstand es gelingt, die das Wesen der Dinge verdeckenden Schalen gezielt zu durchstoßen. Allenfalls im alltäglichen praktischen Leben gaben sie sich mit den vertrauten Außenansichten ab und verhielten sich zu ihnen, sonst aber drangen sie anscheinend mühelos zielsicher in die Hintergründe und Zusammenhänge vor, als beträten sie vermessenes Gelände, um es ihren staunenden Lesern oder Hörern zu zeigen und zu erläutern. Begierig, fasziniert, kaum neidisch ließ er sich von ihnen leiten, wurde, so angeführt, selbst hellsichtig und staunte, wie locker einer mit dem richtigen Grips in die geahnten Strukturen, die Geheimnisse unter den Oberflächen der Dinge einsteigen konnte und wie verständlich sich nun auch ihm das zuvor Verworrene darlegte.

Kindergleich spielend gerieten jene Denkriesen in Umweltvergessenheit, verdrängten Hunger Durst Kälte Frau Hausfreund – nein: verloren sie, büßten sie ein, entzückt entrückt in die weißglitzernden Arktiken der Wissenschaft, verstrickt in die Spinnennetze des Denkens.

Allerdings kam er nach jahrelanger Beobachtung dieser Spezies seiner Gattung zu dem Schluss, dass ihre besondere Fähigkeit der Bedingung unterlag, bei der rücksichtslosen Verfolgung von Gedankengängen den sozialen Boden unter den Füßen zu verlieren. Steinern saßen sie an ihren Schreibtischen, ihre noch nicht gemeißelten Denkmäler, Parias des heimischen Haushalts, bedürftig der Disziplin wie ein Doppel-T-Träger.

Ihm entgleisten, allein gelassen, die Gedanken oft schon in der nächsten Kurve, entwichen in Bilderfluchten, verwischten zu Schemen, lösten sich aus der Kontrolle einer strengen, sachbezognen Führung im Forschungsgelände. Zuweilen allerdings, wenn er sich, eher aus Versehen, auf einen kurzfristigen Abgabetermin für eine Arbeit eingelassen hatte, entstanden überraschend schlanke, stringente Texte, bei deren Herstellung der Zwang des Zeitdrucks seine gewöhnlichen Skrupel und Hemmungen niederriss und ihm die Sätze so flott aus der Hand liefen, als schriebe er irgendwo ab. Eine deiner Sternstunden, erkannte dann seine Frau. Misstrauisch aber ließ er das Zeug von einem Fachkollegen kontrollieren und hörte von Lesevergnügen, intellektuellem Spaß, Leichtigkeit. Misstrauisch gab er es weiter an den Auftraggeber und meinte nach der einwandfreien Veröffentlichung, immer noch kopfschüttelnd, jemand hätte ihm eingesagt. Höchst ungewöhnlich. Höchst unglaubwürdig.

Eine frische Liebe hatte das auch vermocht. Die über dem Kopf zusammenschlägt, alles umstürzt, die. Wenn Hypophyse und Zirbeldrüse rotieren, weil da eine ganz ungewöhnlich riecht oder redet oder mit dunklen Augen lacht wie eine Erinnerung aus dem limbischen System. Da sprossen aus seinen Hormonen Gedichte. Der Circulus vitalis der heiligen Einfaltigkeit von Hirn, Herz und Hoden ließ einen Überschuss an Lyrik erblühen wie von selbst. Darauf ließ sich bauen wie auf Wanderdünen. Eintägliches. Luftschlösser. Pusteblumen. Keine Romane. Keine Theaterstücke.

In den siebziger Jahren hatte sich im Kielwasser der politischen Unruhen eine ältere Schule neu durchgesetzt, deren Autoren das Zielen auf allgemeine Verständlichkeit ihrer meist kritisch eingefärbten Texte zur Richtschnur verantwortlichen Schreibens erklärten. Die hatten ihn überzeugt. Nicht allein die Regeln und Erfordernisse der Kunst, noch die erfahrene Wirklichkeit sollten als Maßstab der

Literatur gelten, sondern ihre Brauchbarkeit für die Verbesserung der gesellschaftlichen Verhältnisse. Dichtung entweder als kostbare Intarsie des geistigen Mobiliars der Schöngeister, erklärten sie wortgewaltig, oder als realistisch gehärteter Text, als Werkzeug der Umgestaltung, als Waffe im lebenslangen Ringen der Klassen, lautete die Alternative.

Eine verwandte, ebenfalls schon in den zwanziger Jahren des Jahrhunderts empfohlene Methode wurde mit den Texten von Brecht wiederentdeckt: Literatur sollte belehrend unterhalten. Das hieß, die ideologisch versaute Verständnisfähigkeit des Publikums schon beim Herstellen der Texte berücksichtigen. Durch befreiendes Gelächter konnte das Proletariat davon abgelenkt werden, dass es ohne sein Einverständnis aufgeklärt wurde. Seine PüttKomödie der verschmähte Beitrag zu dieser Missionsaufgabe.

Erst als deutlich wurde, dass die Weichware Literatur am kapitalistischen Beton der Gesellschaft wirkungslos ablief, kehrten die erregten Schriftsteller zu ihren bewährten Auffassungen zurück und verstanden es wieder als ehrenvoll, ihre Elfenbeintürme neu zu tapezieren oder mit Herz und Schmerz, mit Scherz und Nerz ihren Mitmenschen die drohende Sintflut kontostärkend zu vernebeln. Vereinsamt ließen sie die paar verstockten *Kohlhaases* und *Kassandras* in der Arena zurück. Er gehörte zu ihnen.

Seine Arbeit in einer der proletarischen Schreibwerkstätten galt ihm zuerst als ein nur schwacher Ersatz für jene herausfordernden strengen Arbeitsgemeinschaften professioneller Künstler, zu denen er keinen Zugang gefunden hatte. Als Rückerstattung einer Schuld rechtfertigte sich der Akademiker, was er an Zeit und Wissen den Unterprivilegierten zur Verfügung stellte, die ihre LebensErfahrung gestalten wollten wie er, aber undank der verbreiteten Ressentiments und ihrer fehlenden Spracherfahrung im Kreis der Profis nicht beachtet wurden. Einige seiner Zunftkollegen hatten dazu aufgerufen, an solchen Schreibwerkstätten als eine Art sozialer Wiedergutmachung uneigennützig mitzuwirken. Als genialischer grünhorniger Jungautor wäre ihm nicht im Traum eingefallen, seine eignen Perlen in einen Koben voller Dilettanten zu schmeißen. Da schmückte ihn tragische Einsamkeit. Mit dem Eintritt in die Schreibergewerkschaft war dieser Hochmut unanständig geworden.

Obwohl er sich nicht eben für vom Schicksal begünstigt hielt, hatte er eingesehen, dass hier eine objektiv wichtige Emanzipationsaufgabe vorlag, die landesweit angegangen werden müsse, nicht nur um Ungerechtigkeit zu beheben, sondern um unbekannte Schicksale ans Licht der Gesellschaft zu fördern und der bürgerlichen Literatur proletarische Erfahrung einzuschießen. Allerdings waren nur wenige dem Aufruf tätig gefolgt, während die Masse der dichtenden Individualisten weiter Verleger und Theater mit ihren Kopffrüchten und Herzensergießungen bedienten, unbeirrt ihre Marktanteile ausbauten und die paar literarischen Sozialarbeiter hämisch lächelnd in ihrem pädagogischen Enthusiasmus bestärkten, offenbar, weil sie jene so als Schriftsteller nicht mehr ernst zu nehmen brauchten und als Konkurrenten loswerden konnten.

Tatsächlich beschäftigten ihn die in seiner Schreibwerkstatt aufgestöberten Talente bald derart, dass er die eigne literarische Arbeit vernachlässigte. Hier war er der Erfahrenste im Kreis der Schreibwilligen, überlegen an kulturtechnischer Ausbildung und trainierter Intelligenz, der sich mit seinen Argumenten durchsetzen konnte und von den Schülern angenommen wurde: Sie zeigten ihm durch ihre eifrige Neugier, ihren bemühten Fleiß eine Anerkennung, die ihn verpflichtete, den Ungeübten, wenn auch nicht Unbegabten, mit Korrekturen und Ratschlägen die Regeln des Handwerks geduldig zu vermitteln. Er sah sich gezwungen, schließlich auch die nun dank seiner Hilfe entstehenden umfangreicheren Arbeiten zu lektorieren, druckfertig zu machen, bei Verlagen unterzubringen und Rezensionen über sie zu schreiben, um ihnen zu der Beachtung zu verhelfen, die seinen Einsatz sichtbar beglaubigte.

Auf ein unersättliches Bedürfnis war er gestoßen, das an seinen Kräften zehrte. Unbemerkt aber hatte er sich dabei selbst befreit, indem er unverklemmt zu sprechen lernte vor denen, die ihn nicht blamieren konnten durch besseres Wissen. Weil sie seine Hilfe brauchten, forderten sie ihn mit ihren Erwartungen und Hoffnungen heraus zu Leistungen, die er aus eignem Antrieb nicht erbracht hätte. Im Sinne kollektiver Arbeit ließ er die andren gegenseitig ihre Versuche bereden und bewundern – nur zu schnell waren sie beglückt von ihren tapsigen Kindern! –, um ihnen erst am Schluss mit gut verhohlener Genugtuung zu erklären, wo die eigentlichen Mängel und Verbesserungsmöglichkeiten lagen. Er wusste die überzeugenden Vorschläge. Sie bescherten ihm die Dankbarkeit der Beglückten – einige schauten zu ihm auf, bewunderten ihn, und in diesem emotionalen Sonnenschein hatte sich sein Selbstbewusstsein entwickelt.

So hervorgehoben aus dem Kollektiv der Schreibwerkstatt konzentrierte sich auch die Aufmerksamkeit der mitwirkenden Frauen auf ihn – seine anerzogene katholische Prüderie war dahingeschmolzen. Da umfangreiche Texte nicht im Kollektiv veröffentlichungsreif entwickelt werden konnten, lernte er die erotisierende Wirkung der individuellen Lektoratsarbeit kennen, die gewisse körperliche Berührungen mit der schreibenden Person und ihrem Manuskript sachlich nahelegt. Sexuell munter machte die emanzipationsfreudigen Frauen offenbar auch die Begeisterung über ihren durch ihn angeregten Lernprozess, in dem sie sich von ihrer Sprachlosigkeit und den Ansprüchen ihrer zurückgebliebnen Männer befreiten. Ihre Neigung zu ganzheitlichen Umgangsweisen mit dem Leben war seinen körperlichen Entfaltungsbedürfnissen entgegengekommen.

Er hatte darauf geachtet, ihren Befreiungsprozess nicht überschießen zu lassen, da mit der gewonnenen Souveränität im Selbstausdruck auch die Entschlossenheit der Frauen zur rücksichtslosen Herausforderung ihrer heimischen Gatten wuchs. Er musste sich offenhalten für nachwachsende Lektoratsaufgaben. Auch war es nicht einfach gewesen, Olga einsichtig zu machen, weshalb er sich so zeitraubend für die Gehversuche von Dilettanten einsetzte, obwohl er sich gleichzeitig beklagte, durch Hausarbeit und Kinderbetreuung in der eignen literarischen Entfaltung beeinträchtigt zu werden. Sie, die von den Bedürfnissen des künstlerischen Eros wenig verstand, konnte als Lehrerin immerhin die sozialpädagogischen Absichten seiner Arbeit in der Schreibwerkstatt der Volkshochschule begreifen.

Da er, derart vielseitig behindert, selten gedruckte Werke vorzuweisen hatte, konnte er nicht teilnehmen an den so einträglichen wie kräftezehrenden Lesereisen seiner Kollegen, die, war zu vernehmen, odysseischen Ausschweifereien durch den weiblichen Archipel des Landes glichen. Den abenteuerlichen Forschungsinteressen der im Auftrag des Goethe-Instituts oder ihrer Verlage reisenden Dichter kam der Wunsch beherzt lesender Frauen entgegen, einmal die kunstschaffende Hardware in Händen zu halten, und sei es für eine Nacht, um durch die Vereinigung mit einem richtigen Schöpfer literarisch geadelt zu werden. Die Autoren verstanden diese Art von Autogrammstunden auch als den individuell zu leistenden Part im Rahmen der öffentlich unterstützten Leseförderung, während Dichterinnen weniger durch solche ungezielten Streuschüsse als, strategisch weitsichtiger, durch wohlüberlegten Körpereinsatz in den Verlagshäusern oder bei einflussreichen Kritikern ihre

Werke zu verbreiten suchten. Eine im deutschen Bühnenwesen ja längst übliche Praxis der Karriereförderung.

Bei Gelegenheiten stritt er mit Journalisten. Sie beneideten ihn um seine Freiheit, seufzten über ihr Infarktrisiko durch ständigen Arbeitsstress. *Seid ihr nicht Mitverursacher, Komplizen der Hektik, unter der ihr leidet?* fragte er sie. Sie beschuldigten die Zwänge der Aktualität. Er erkannte hinter der Oberflächlichkeit der hingehetzten Artikel und Reportagen auch die strategische Absicht der Zaren, das Volk der Dichter und Denker erneut zu Duldern und Dummköpfen umzuerziehen, in politisches Analphabetentum zurückzuprügeln mit diesem Journalismus der SchlagZeilen und Schlag-Wörter. Bombastische Wegwerfverpackungen aus Sprachmüll um Wirklichkeitskrümel, das lieferten die dienstbaren Kollegen, statt rücksichtslos aufzuklären über die Korruption der Parteien und Regierungen, über die selbstsüchtigen Interessen der Machthabenden hinter dem Schleier ihrer hochtönenden Phrasen. Die Wächteraufgabe der Presse am Krankenbett der Demokratie war in die Hände von allerdings höchstbezahlten Nachtwächtern geraten.

Wenn er jedoch selbst einen aktuellen Artikel schrieb, sorgte er dafür, genügend Zeit für die Ausarbeitung zur Verfügung zu haben. Seinen Berichten über eine Ausstellungseröffnung, einen Kongress, sollte anzumerken sein, dass Sprache aus einem kontrolliert ökologischen Betrieb angeboten wurde, von einem Schriftsteller, nicht einem Zeilenschinder verfasst.

Es gab immerhin noch einige Kulturredakteure, die Schmiedeeisen von Styropor zu unterscheiden wussten. Obwohl es sich auch bei kulturpolitischen Beiträgen meist um tagesflüchtige Produkte handelte, schienen diese Redakteure Ehrgeiz darein zu setzen, mit dem sprachlichen und intellektuellen Anspruch ihrer Sendung, ihres Feuilletons Inseln der Wahrheit im schäumenden Strom verblasener Nichtigkeiten einzudeichen. Er fühlte sich bei diesen Frauen und Männern geborgen, ihnen verwandt, versuchte schon deshalb, die Beziehungen zum heimlichen Orden der Sprachliebhaber durch Arbeitsangebote zu erhalten. Für jene, die in Pension oder Alkohol verschwanden, folgten selten vergleichbare nach.

Die Juppies der Branche bedienten, ungeniert und mit sportlichem Elan, das kapitalstarke Diktat der werbenden Wirtschaft. Sie hatten den Knüppel der Auflagenzahlen und Einschaltquoten als herrschaftliches Gebot geschmeidig verinnerlicht und bewerteten die berufliche Fähigkeit eines Menschen am Maßstab der Gehaltshöhe. Sein ÜberIch hatte andre Kriterien entwickelt, die jene die Achseln zucken ließen.

So dünnte das Netz der Arbeitsbeziehungen, der Sympathien, das er in seinem jüngeren Dasein geknüpft hatte, allmählich aus. Ein Grund mehr, die ihm noch geneigten Ohren in den Institutionen sich offen zu halten. Da er aufgegeben hatte, die Entsinnlichung und Banalisierung der öffentlichen Rede beeinflussen zu wollen, mischte er sich in diesen Hallraum nur noch, um mit den so erzielten Honoraren sein schmales Budget aufzubessern. Es war eine wiederkehrende Begründung seiner Anträge auf Arbeitsstipendien, dass ihn die kulturjournalistische Arbeit von der eigentlichen literarischen abhielte und er sich nur durch eine Art längerfristigen Kunstsold von dem niederdrückenden, ablenkenden Zwang aktueller Schreiberei befreien könne. Weder wollte er vor sich anerkennen, dass sie immer zum Geschäft der Schriftsteller gehört hat, noch durfte er sich eingestehen, dass er nie gewagt hatte und noch immer nicht bereit war, seine eignen finanziellen Reserven einfach aufzubrauchen, um ein großes Werk, jetzt dieses Epochenstück, unabgelenkt zu verfassen, in der Hoffnung auf die dann ihm zufließende literarische und finanzielle Anerkennung. Andre Autoren hatten genau diesen Mut zum Wagnis aufgebracht, hatten mit kühn gearbeiteten Werken tatsächlich einen Durchbruch in die landesweite Öffentlichkeit erzielt, der ihnen eine Zeit lang Preise und Stipendien zuspielte. Auch wenn ihnen damit kein tantiementrächtiger Verkaufserfolg garantiert war, so trug er ihnen doch Preise und Stadtschreiberstellen an den vielfältigen Kulturtöpfen der Länder und Städte ein, mit denen sich ausdauernd singen ließ.

Er wusste genügend Gründe, die ihn warnten, dass das Risiko-Konzept nicht mit Sicherheit den gewünschten Erfolg bringe – er musste nicht verstehen, dass es sein durch viele Zurückweisungen seiner Arbeit genährter untergründiger Zweifel an der eignen künstlerischen Kraft war, der ihn vor diesem Gratweg zurückschrecken ließ.

Eindeutig war dieser Befund allerdings nicht. Sein Hochmut gegenüber mittelmäßiger Literatur professioneller Kollegen war ziemlich unbedingt. Es war nicht ganz klar, ob der aus einer Überzeugung von eigner Überlegenheit stammte, die er nur sich selbst beweisen konnte, oder aus der erlernten Fähigkeit folgte, literarische Produkte kritisch zu durchschauen. Mit der lebenslangen Ausbildung seiner ästhetischen Maßstäbe war seine Erfahrung gewachsen, dass viele Autoren oberflächlich arbeiten, sich damit begnügen, Geschichten zu erzählen, deren Inhalte manchmal aufregend oder unterhaltsam sind, aber dadurch verdecken, wie reibungs- und reizlos deren sprachliche Gestaltung bleibt, weil die Schreiber eine vorgefundne konventionelle Literatursprache als bequemes Beschreibungswerkzeug benutzen, ohne die spielerischen, bildnerischen, hintergründigen Kräfte der Sprache zu erkennen und aufzuschließen. Sie merken nicht, dass sie in einem belebten, komplexen Material arbeiten, sondern schwafeln einfach schriftlich drauflos. *Gemütliche Texte*, nannte er das.

Jedes Wort braucht die Sorge seines Vormunds, wie ein Kind. Besonders natürlich die Substantive Verben Adjektive – manche skrupulöse Kollegen der alten Schule verlangten sogar fürsorglichen

Umgang mit Punkten und Kommata! Und erst die Sätze: Kindergärten! Immer zugleich die Knospe ihrer noch nicht entwickelten Zukunft!

Kopflos – beschwerte er sich bei einem befreundeten Lektor – *streuen eure Autoren abgelutschte, ausgekaute Sprachhülsen über die Seiten, die vor hundert Jahren oder noch früher von schöpferischen Individuen knackig erfunden worden sind! Schrott! Keine Bildkraft – kein Wirklichkeitsgehalt! Wörterkitsch!*

Der Lektor grinste.

Euer H. B. – ich bewundre ihn ja als Moralisten, seine Haltung hat man heut selten! Aber seine eilige, verhuschte Sprachbenutzung – ist euch das wurscht oder ist dieser Meister unverbesserlich, weil er trotzdem berühmt ist? Oder ist ers vielleicht wegen seiner oberflächlichen Schreibe, wie? Klar, da ist der Abstand zwischen Schriftsteller und Leser kleiner. Die Käufer wollen ja nicht gefordert werden, sondern geschmeichelt, damit sie ihr Geld beim Buchhändler lassen, stimmts?

Der Lektor grinste.

Und ihm blieb nichts übrig, als auch die Leser zu verachten. Ihre Bequemlichkeit. Ihre Müdigkeit. Er wollte sie wecken, sie aufrütteln. Das war verpönt. Gefragt war billige Unterhaltung.

Nicht dass er vom Dichter klassische Regeln für stilistische Schönheit und dudenkonforme Syntax bedient sehen wollte – im Gegenteil: Die durch ihre Sprecher unablässig erfinderische Sprache wünschte er als plastisches Material genutzt, als Spielmittel der Wirklichkeitsfahndung oder doch

Triebwerk eingreifender Beschreibungen. Er hatte hochachtungsvollen Respekt vor den Frauen und Männern, die sich einen überraschungsreichen, modellierenden Umgang mit ihrer Muttersprache entwickelt hatten und kühn auch ins Unbekannte schrieben. Es waren wenige, aber doch nicht zu wenige, um sie übersehen zu können. Und sie waren anerkannt, wurden in edlen Kleinauflagen kräftiger Verlage veröffentlicht, motivierten Kritiker zu abwägenden, durchdachten Untersuchungen ihrer Texte.

Auch diese Feststellung beschädigte seine Selbstsicherheit, bedeutete sie doch, dass die so oft sich plusternde, pfaueneitle Kritik gelegentlich in der Lage war, hinter ein Werk zurückzutreten und echte literarische Qualität zu erkennen, selbst über ideologische Vorbehalte hinweg. Sein Argwohn war nicht unbegründet, aber eine beweiskräftige Bestätigung erlangte er nicht, dass die Verrisse seiner ihm teuersten eignen Arbeiten nur auf den politischen Abneigungen der Rezensenten beruhten oder auf dem von ihm unverschuldeten Mangel ihres Erscheinens in Provinztheatern, in Kleinverlagen, die keine Anzeigenköder auszulegen hatten.

Die selbstgefälligen Wadenbeißer hatte er schmerzlich erlebt, die alles niedermachen, weil sie glauben, dadurch sich selbst hochschwingen zu können über die im Dunkel des Daseins grabenden Dichter. Ihre Beckmessereien behaupten, keinen Ausweis zu brauchen, und die ihnen ebenbürtigen Redakteure veröffentlichen feixend die von Hohn triefenden Verrisse. Längst beim Sperrmüll die drei goldnen Maximen des Kritikerdichters Goethe für jede literarische Rezension: Was war die Absicht des Autors, wie hat er sie verwirklicht, und wie beurteile ich die Absicht und ihre Verwirklichung. Mit einer in Stunden zusammengeschmierten Stümperei, die sie an ein halbes Dutzend Provinzzeitungen verkaufen, können diese Skribenten den Jahresschweiß einer Schriftstellerin aus Hunderten von Buchhandlungen wischen. Von der Premiere rennen sie mit einem Spickzettel in den Kulturtalk am Morgen und palavern mit dem Moderator hopplahopp die Monatsarbeit eines Theaterkollektivs in Verschiss.

Als stürmischer junger Dichter der kleinen Universitätsstadt hatte er einen solchen Lumpen in einer Kneipe kurzerhand niedergeschlagen, was zwar subjektiv befriedigend, aber objektiv doch nicht hinreichend skandalträchtig war, um sein Stück überregional zur Sensation zu machen. Vielleicht hätte er wie P. P. Z. einen Totschlag und ein paar Jahre Gefängnis riskieren sollen, dachte er manchmal verbittert in schlaflosen Nachtstunden, dann wären der sensationsgierige Boulevard und der *SPIEGEL* wohl aufgewacht. Gramsci hatte sein Hauptwerk im faschistischen Kerker geschrieben.

Die Fürsten und Komtessen der Kritikerkaste wären aber ohnehin nicht in derart handgreiflicher Weise zu belangen, so viel war ihm klar. Sie gehörten wie die Großverleger zu den unangreifbaren Mächten des schöngeistigen Supermarkts. Sie verfügten über ausgefeilte Vokabulare, prunkende Metaphern, multifunktionale Zitatarchive und waren um schönschillernde Belege für ihre Behauptungen selten verlegen. Mit dem Strassglanz der Urteile verbrämten sie die politischen Interessen ihrer Arbeitgeber. Er durchschaute den glitzernden Zirkus, hatte die goldnen Käfige gesehn, für welche die Draufgänger abgerichtet wurden.

Wurde seine Arbeit in einem Nischenblatt als ungewöhnlich, herausfordernd, ambitioniert gelobt, hielt er das nicht für übertrieben und war überrascht von der Objektivität, zu der man in der Provinz seinem Werk gegenüber fähig war. Empörend aber die Verrottung einer Öffentlichkeit, in der solchen unbeschädigten Kritikern der Zugang zu den landesweit sichtbaren Medien verwehrt wurde.

Als Bühnenautor und Werkstattleiter hatte er gelernt, seine naiven Vorstellungen vom einsamen, musengeküssten Schöpfer als idealische Jugendträume zu erkennen. Zusammenarbeit, sei es gleichzeitig, sei es in aufeinanderfolgenden, sich durchdringenden VerwirklichungsSchüben, bringt größte Kunstwerke zustande.

Hatte er längere Zeit im Werk eines bedeutenden Vorfahren gelesen, stellte er fest, dass er unwillkürlich feine stilistische Besonderheiten jenes Vorläufers verwendete – sie schlichen sich hinterrücks in seinen eignen Text wie die Löcher in den Käse. Thomas Mann verlängerte seine Satzperioden ins Behäbige, Altväterliche, Brecht machte sie lakonisch, Hölderlin brachte sein Vokabular zum

Blühen, beschwingte den Satzrhythmus, Kleist versprödete ihn.

In so eindeutigen Fällen erkannte er den Einfluss, erklärte die Arbeit zur Stilübung, las andre Bücher als Gegengift. Lange fuchste es ihn, nicht wirklich originell sein, die Kunst aus seinem eignen Genie nicht neu erfinden zu können. Später vermutete er, wenn andre die siebzehnte *ElektraVersion*, die fünfundzwanzigste *JohannaOrleans*Bearbeitung auf die Bühne hievten, dass diese Kollegen sich bei den klassischen Stoffen bedienten, weil ihnen auch nichts Eignes einfiel – dass sie am Halteseil von Sophokles Molière und Shakespeare sich durch die Theater hangelten, um mit dem Bonus der durch Jahrhunderte kanonisierten KunstHeroen Tantiemen und Aufmerksamkeit einzuheimsen. Er kapierte erst allmählich, dass sie bei ihren Bearbeitungen die besten Dateien der Weltliteratur in ihre Hirne luden und ihre eignen Fähigkeiten an ihnen steigerten. Brechts kessen Umgang mit dem geistigen Eigentum andrer verstand er schließlich als konsequente Anwendung der Einsicht, dass die Wortkunst wesentlich im geschickten, also produktiven Beerben des Literaturkanons besteht und die romantische Rede vom Originalgenie der blaue Nebel ist, den die Poeten um ihre Plünderung des eignen Bücherschranks verbreiten.

Künstlerische Selbstständigkeit! Schnurren! Beruht doch schon der erste Satz eines neuen Werks auf einem Ein-Fall, einem An-Stoß, von irgendwoher gegeben, zu dem das Ich ja sagt (oder nein), um dann sich weiterzuschwingen durch die gelenkige

Dialektik von eigner und historischer Erfahrung, von egologischem Drang und unausweichlichem WeltDruck.

Zu beobachten war auch – und er hätte darauf geschworen: mit statistischer Zuverlässigkeit –, dass zur vollkommnen künstlerischen Begabung die Fähigkeit gehört, sich nicht nur mit inspirierenden Kunstwerken, sondern zugleich mit schöpferischen Menschen zu umgeben, sie an sich zu ziehen, sich freundschaftlich an sie zu drängen. Es kam darauf an, die Umgebung des eignen Lebens möglichst weitgehend zu ästhetisieren und so den verheerenden Alltag auf Abstand zu bringen. Unerlässlich schien auch, Freunde und Freundinnen, die der eignen Entwicklung nicht folgen konnten, aktiv zu verdrängen, um Platz für stärkere Talente zu schaffen. Künstlerische Egomanen schafften das offenbar ohne Bedauern im höheren Interesse ihres Werks.

Ihm war es selten gelungen, so skrupellos aufzuräumen im Geflecht seiner persönlichen Beziehungen. Mit einer jeder Nutzenrechnung spottenden Treue hat er Menschen in seinem Leben oder auch nur seiner Erinnerung aufbewahrt (aufgebahrt?), die ihn lange vergessen oder von sich entfernt hatten. Er fand sie hinter verblassten Eintragungen in seinem Adressbuch wieder, forschte ihnen nach, suchte die Überraschten auf oder hoffte über Jahre, dies bei Gelegenheit zu tun, obwohl ihn dann gegenwärtige Aufgaben daran hinderten, oder jene, inzwischen ruhmbedeckt, ihn nicht mehr kennen mochten in gläsern peinlicher Befremdung wegen seiner sentimentalen Erinnerungswünsche. Offenbar waren solche gesuchten Begegnungen auch Tests auf seinen literarischen Härtegrad, stille Anfragen, wie weit seine Person noch zugelassen sei als Mitläufer beim Marathon der republikanischen SchönGeister des Landes.

Selten gab es einen wirklich sachlichen Grund für solche Besuche: Er wollte nur einen Abschnitt seiner Vergangenheit berühren und erkunden, ob die oder der andre die Erinnerung an das gemeinsame Stück Leben noch besaß wie er – als Schatz, Kapital, historisch ausgezeichnete Zeitinsel. Seine kindliche Verlustangst ließ ihn übersehen, wie weit Freunde sich von den früheren Verbindungen fortentwickelt hatten. Phantome nur noch seiner Vorstellung.

Seine Marotte, alles Geschriebene und Gedruckte aufzubewahren, erkannte er nicht nur einfach in dem Wunsch begründet, dem Marbacher Dichter-Archiv einen stattlichen Nachlass zu liefern. Wie die meisten Autoren in vorgerückten Lebensjahren sorgte er im Interesse von Erben, Interpreten und Nachruhm für die Sammlung aller Schriftstücke und Dokumente, in denen sein Name als Urheber oder Adressat vorkam. Diese Strategie, den Tod, das eigne Verschwinden zu verzögern, wusste er so alt wie die Kulturpraxis, Grabsteine zu beschriften, obwohl in seinem Fall es doch eher als seine randständigen Auslassungen das noch fertigzustellende dramatische Epochendenkmal sein würde, das ihm ausdauerndes Nachleben verschaffen sollte. Wie jeder bedeutende Erdenwurm fühlte er sich von seinen Mitmenschen missverstanden. Er gehörte zum Adel der verkannten Genies. Im Grunde nicht verwunderlich, dass er beim künstlerischen Ergraben der ungeheuren Wirklichkeit in Tiefen vorstieß, die nur durch eine jede Notiz, jeden Gedankensplitter, jede Randbemerkung auslotende Sekundärliteratur in geduldiger Forschungsarbeit erschlossen und für die Nachwelt fruchtbar gemacht werden könnten. Ob und wann das geschehen würde, war zwar völlig unsicher, aber Hölderlin und Lenz waren ja auch erst nach einem Jahrhundert des Vergessens in die Literaturgeschichte wiedererweckt worden, anhand ihrer von irgendwem aufbewahrten Texte. Das Verbrennen der Liebesbriefe und frühen Manuskripte, wie es sein Germanistikprofessor, stellvertretend für die ganze frustrierte Zunft, vom jungen Goethe berichten musste, war ein untypischer Vorgang der Ichleugnung eines jugendlichen Feuerkopfs, der für gereifte, wertbewusste Dichterinnen und Dichter nicht in Frage kam. Wirklich kafkaesk der Wunsch Franz Kafkas an den Freund Brod, alle seine Werke nach seinem Tod zu verbrennen! Wie verschollen wäre der Mann, wäre Max Brod seinem Geheiß gefolgt!

Als ihm sein Handkoffer auf dem Weg zu einer längeren Klausur von einem Bahnhofsdieb gestohlen wurde, Tagebücher Entwürfe Manuskripte von Jahren enthaltend, schlug sich der Schreck binnen Minuten in einem männermordenden Dünnschiss nieder. Zwar wurde der Koffer schnell, nur um das Reisegeld erleichtert, an einer Mülltonne wiedergefunden und seine erste Reaktion nach Überprüfung des Inhalts war tiefe Dankbarkeit gegenüber dem Räuber, dann aber brauchte er Tage, sich von dem Schock zu erholen. Abgründig die Vorstellung: seine Manuskripte auf der Müllkippe! Er fühlte sich, als wäre er einem Gehirntod knapp entronnen. Nun erst glaubte er wirklich ermessen zu können, was der Verlust der Schriften und Bibliothek für die verfolgten, ins Ausland geflohenen deutschen Schriftsteller bedeutet hatte.

Für ihn barg die Aufbewahrung der persönlichen Schriftstücke auch die Möglichkeit, jederzeit sich selbst in Einzelheiten seines Lebens wiederzubegegnen, die seinem Gedächtnis entsunken waren und die so zu Beweisen seines früheren Wirkens gediehen. Blamable Überraschungen manchmal, die ihm aber doch auch Genugtuung verschafften in der Feststellung, dass er sich aus sehr naiven, unbedarften Anfängen entwickelt hatte und, ließe man ihm nur weitere fünfzig Jahre Zeit, zu noch größerer Reife gedeihen würde.

Sein Archiv war ein staubiger Schrein der Hoffnungen. Er hatte darin nicht nur seine eignen Lebensspuren verwahrt. Erheblichen Raum beanspruchten die Kästen und Ordner, in denen er Materialien zu Vorgängen gesammelt hatte, an denen er beteiligt gewesen war und die er zu gegebener Zeit literarisch bearbeiten wollte. Selten hatte er sie tatsächlich verwertet, da die unaufhörlich aus der Zukunft in die Gegenwart stürzenden Ereignisse nicht aufhörten, ihn zu fesseln, zu gestaltender Mitwirkung herauszufordern und ihm neue Schaffensreize auf den Schreibtisch zu liefern. Seiner Frau musste er eingestehen, dass er die gesammelten Zeitungsausschnitte in seiner Hängekartei fast nie benutzt hatte – ganze Abteilungen von Ordnern waren schon in den Keller umgelagert –, aber mit Entrüstung wies er ihren Vorschlag zurück, das von ihr so genannte Chaos doch endlich mal auszumisten. Hinter ihrer Polemik vermutete er schlechtes Gewissen, weil sie ihn ungerührt bei der Ordnung seiner Sammlungen allein ließ, statt ihn durch Mithilfe für das eigentliche Schreibwerk zu befreien. (Bei der Registrierung der Ausgabenbelege für die Steuer verhielt sie sich genauso indifferent.) Er sammelte weiter, so den Vorrat der in das Großwerk einzuarbeitenden Einzelheiten ständig aufschaufelnd, vielleicht in der kühnen Hoffnung, dass ihm tatsächlich noch zwei oder drei Jahrzehnte gesunde Geistesfrische für die Auswertung der rohen KunstStoffe zur Verfügung stünde. In dem Maß wie sein lebendiges Gedächtnis erschlaffte, wuchs sein Vorrat lebensträchtigen Trödels. Sein Archiv war das Bollwerk des Dichters und Menschen gegen den anwachsenden Tod.

Seine Freunde und Bekannten fragten ihn nicht nach seiner Arbeit. Wenn doch, dann so obenhin und erkennbar unernst, dass er die Frage mit einem geheimnisvoll vielversprechenden Lächeln überging und erledigte. Nahm er den Fragenden beim Wort und erklärte (zum Beispiel), dass er an einem gesellschaftskritischen Hörspiel arbeite, Recherchen über einen ungewöhnlichen Fall von Rechtsbeugung und Bestechung bei der Eisenbahn anstelle, so war zu erleben, wie das eben noch freundlich-offene Gesicht sich verschloss, die Erwiderungen zu Ahas und Ehems schrumpften, eine mühsam erhaltene Höflichkeit, bis er den Rückweg einschlug zu einem Thema allgemeinen Interesses – dem erneut gestiegnen Bierpreis, der letzten Kletterpartie der GreenpeaceHelden, dem bedrohlich gewachsnen Ozonloch oder Baumsterben, worüber man dann noch ausführlich sich ereifern konnte.

Verständlicher wurde ihm das höfliche Desinteresse seiner Freunde, wenn er sich seine eigne Reaktion vorstellte, hätte ein befreundeter Lehrer auf die Frage *Was macht die Schule?* angefangen, ihm von neuen Lehrplänen und Intrigen im Lehrerzimmer detailreich zu berichten oder einer der städtischen Kulturverwalter über die jüngsten Dienstanweisungen des Oberstadtdirektors. Diese Überlegung war allerdings eine riskante Hilfskonstruktion, da sie eine Relativierung der Bedeutung seiner literarischen Arbeit auf das Niveau jeder beliebigen Berufstätigkeit einschloss. Das passte ihm nicht. Er konnte eine solche Gleichsetzung profaner Berufe mit dem Ethos der schöpferischen Dichtungstätigkeit von Herzen (oder wo man den Sitz solcher Empfindungen sonst suchen will) nicht zustimmen. Allenfalls Philosophen oder Sozialpsychologen waren durch ihre Forschungstätigkeit in der Lage, eine ähnlich umfassende Kenntnis des Zustands der Gesellschaft zu erlangen wie ein hauptberuflicher Dichter. So erlebte er die verhaltene aber dauerhafte Enttäuschung, dass seine Freunde, die durchaus noch zu den Lesern von gedruckten käuflichen Büchern gehörten, sich für das Werk in seinem Entstehen, in seinem schmerzvollen Geburtsvorgang, vor einer durch einen Verlag, ein Theater beglaubigten Veröffentlichung, nicht sonderlich interessierten. Vermutlich aus Unsicherheit ihrem eignen Urteil gegenüber. Oder doch gar aus Achtung vor dem geheimnisvollen, zerbrechlichen Schöpfungsprozess des Künstlers?

Trotzige Gedanken konnte er in diesem Zusammenhang am Schreibtisch entwickeln, in denen er dem oder jenem seiner Freunde versprach, er werde noch Grund zum Staunen finden über das neue, mutige Werk. Und erschrecken sollten sie darüber, dass sie es so unbemerkt, unbeachtet in ihrer Nachbarschaft entstehen ließen und versäumten, als Ratgeber oder Kritiker darauf Einfluss zu gewinnen. Welch seltene Gelegenheit hatte man damit achtlos verschenkt!

Oder verliert er am Ende den Wettlauf gegen die neuen Medien, die dem Theater, dem Buch ihre Würde, ihr Existenzrecht als höchste Ausdrucksform der geistigen Kultur, als Schule der ästhetischen Bildung des Menschengeschlechts und Ort der Begegnung freier Individuen zu nehmen drohen? Ist die erlebte Missachtung vielleicht Ausdruck der endemisch heranwachsenden Gewissheit, dass er eine ebenso überholte Existenz sei wie das ehrwürdige gedruckte Buch, an dessen Herstellung er auf Kosten seines Lebens beteiligt ist? Zeigen ihm die unbekümmerten Yuppies der Kommunikation mit ihren schludrigen aber hochbezahlten Wegwerfarbeiten nicht täglich, dass er sich im musealen Altenteil der Weltgesellschaft abstrampelt, ein Straßenkehrer mit Schippe und Besen im rasenden Verkehr der Metropole? Ist er nicht lächerlich mit seinen tapsigen, oft in Verzweiflung und Wut endenden Versuchen, den herrschsüchtigen Computer als Schreibdiener seiner Handschriften zu zähmen, wenn pubertierende Knaben in seinen elektronischen Abgründen herumflippen wie Forellen im Wildbach?

Hierbei handelte es sich allerdings um Überlegungen, auf welche der merkwürdige Begriff *Hintergedanken* zutrifft, wenn damit nicht eine hierfür aktive Hirnregion als Entstehungsort gemeint sein soll, sondern eine assoziative, vorsprachliche Ebene von Hirntätigkeit, die bis heute niemand in ihrer subtilen Elektrik durchschaut. Das Paradoxon der ungedachten Gedanken. Jemand ließ sie nicht durch ins Bewusstsein. Jemand dachte sie, sie waren vorhanden und wirksam, aber sie blieben in den Kulissen, durften nicht auf die Bühne. Die gleiche Art von verborgener Anwesenheit, wie er sie am Schreibtisch bei der Pirsch nach dem richtigen Wort oder Satz erlebte.

Entgegen seiner prinzipiellen Erwartung, dass er die Welt allmählich durch Erleben Nachdenken Prüfen immer umfassender und tiefer verstehen würde, bemerkte er einen anscheinend unaufhörlichen Nachfluss von Geheimnissen. In seinem Hirn gab es ein ForschungsZentrum, das ständig neue, aufklärungsbedürftige Rätsel fand und Verwirrungen herstellte, sie an die Oberfläche schob, wo er sie beleuchten, vielleicht einordnen konnte. Oder wo sie unbewältigt liegen blieben, manchmal einfach vergessen, manchmal nach einer Weile vergeblicher Betrachtung absichtlich zurückgestopft in die Schatten.

Er war überzeugt, im Laufe seiner verfließenden Arbeitsjahre vorwärts zu gelangen in den Schächten und Stollen des Bergwerks seiner Seele und des sie tragenden Körpers. Wenn er aber auf die begrenzte Verfügbarkeit seines Gedächtnisses gestoßen wurde und zum Beispiel schon nach einem halben Jahr einen Redakteur nicht mehr identifizieren konnte, mit dem er eine Stunde lang über seinen Text gestritten hatte, dann sah er darin letztlich eine banale Wiederholung jenes ständigen Zurücksinkens einmal gewonnener Einsichten der forschenden Wissenschaft in das im Verborgenen wirkende Beisichsein der universalen Information, die von manchen Gott, von Borges das *Aleph* genannt wurde.

Er verglich seine Forschungsarbeit im eignen Innenleben mit der Erkundung des Universums durch die Naturwissenschaft. Die deckte immer neue, verwickeltere Zusammenhänge auf, aber vergaß dabei zum Beispiel die spirituellen Erkenntnisse des Heraklit und des Meister Eckhart, obwohl die nicht überholt und ungültig geworden waren. Die menschliche Universalintelligenz, trotz ihrer mächtigen, exponentiell wachsenden Informationsspeicher, erlitt ständig ähnliche Gedächtnisverluste. Es war einfach unmöglich, alle einmal gewonnenen

Erkenntnisse und Erfahrungen der Menschheit, selbst nur eines Menschen, gegenwärtig zu halten – vielmehr fand im Individuum wie im Kosmos ein unablässiges Aufsteigen und Absinken statt, in das auch er mit seinem persönlichen Informationsspeicher eingebunden war.

Da er sich an das Gespräch im Redaktionszimmer noch erinnern konnte, lediglich das wenig markante Gesicht des ihm fremd gebliebnen Menschen und sein noch blasserer Name – nun in der Umgebung vieler andrer Personen auf dem Kongress – ihm nicht rechtzeitig wieder deutlich wurde, musste diese Information noch vorhanden, nur eben, von andren vordringlichen Eindrücken verdrängt, nicht greifbar gewesen sein.

Ohnehin, rechtfertigte er sich, sollte die Unterscheidungsfähigkeit, das Wiedererkennungsvermögen des menschlichen Hirns für Hunderte oder Tausende verschiedener Gesichter zu den unfasslichen Wundern seiner Leistungsfähigkeit gerechnet werden, an die man sich zwar, durch alltäglichen Gebrauch, gewöhnt hatte, vor der aber auch begabte Schriftsteller ihre Sprachwerkzeuge senken mussten, wie sich an ihren hilflos hingetupften Beschreibungsversuchen zeigte. Über floskelhafte Andeutungen, *Hakennase, buschige Augenbrauen, fliehende Stirn, resolutes Kinn, süßer Leberfleck*, kam kaum einer hinaus, und nie und nirgends konnte ein Leser das Integral jenes Gesichts aus der Lektüre in seiner Vorstellung wiedererwecken, das die Autorin bei der Beschreibung ihrer Heldin vor Augen gehabt hatte.

Es sollte eigentlich jedem plausibel sein, dass bei einer offensichtlich so komplexen, wenn auch sprachlosen Gedächtnisleistung Fehler geschehen konnten. Nur die unterbewusste Überzeugung jedes Menschen von der Einmaligkeit seines persönlichen Gesichts konnte zu jener Empfindlichkeit führen, die ein Nicht-Wiedererkennen als Affront empfand. (Der Redakteur war offensichtlich beleidigt und würde kaum noch einmal einen Text von ihm unvoreingenommen prüfen wollen.)

Manche Erfahrungen Schmerzen Freuden sind zäher, leisten hinhaltenden Widerstand durch Erinnerung bis zum Tod des Gehirns, andre lösen sich auf wie der Dampf über dem Pfeifkessel.

Er verfluchte die Eigenwilligkeit seines Gedächtnisses, wenn es sich weigerte, ihm bedeutungsvolle Einzelheiten von Erlebnissen aufzubewahren. Angenehm überrascht fühlte er sich, wenn alte Freunde ihn an schöne oder geistreiche Sätze erinnerten, in wörtlichem Zitat, die er zu ihnen vor dreißig Jahren gesagt hatte. Neidvoll staunend über ihr Erinnerungsvermögen erfuhr er von unauffindbar in seinem Hirn verlorenen Episoden, deren Hauptakteur er gewesen sein sollte. Von manchen Erlebnissen oder Ereignissen wusste er, dass es sie wunschgemäß gespeichert hatte – er konnte öfter problemlos von ihnen sprechen –, versteckte sie aber dann wieder so raffiniert, dass er sie lange suchen, sich regelrecht anpirschen musste an die noch bekannte Gegend des Verstecks. Vergeblich. Er musste sie verloren glauben, die Suche aufgeben. Da, in der Erwartungsleere, lag die Erinnerung plötzlich vor ihm, funkelte ihn an, triumphierend.

Andre Erinnerungssplitter, für sein Leben bedeutsame oder auch nebensächliche, konnte er bei Bedarf gezielt ansteuern und aktualisieren, ein selbstverständlich gewordener, weil alltäglicher Vorgang, der ihn aber doch in furchtsames Erstaunen versetzte, wenn er sich klarmachte, dass diese Fähigkeit vergleichbar wäre mit der eines Fischers, welcher einen vor Jahren ins Meer ausgesetzten Fisch mit seiner Angel gezielt und unverzüglich wieder ans Licht holen könnte.

Allerdings beobachtete er eine Häufung und Beschleunigung mentaler Fehlleistungen auch bei andern und vermutete, dass die Bilderflut, der infektiöse NachrichtenSpülicht, von denen die Mitteleuropäer unablässig überschwemmt wurden, ihre Gedächtnisse krank machten und ihre Handlungsfähigkeit lähmten. Die AlzheimerKrankheit war in vieler Munde, und immer wieder überprüfte er durch GedächtnisExerzitien, dass seine eignen Erinnerungsausfälle offenbar nur Folgen des normalen Alterungsprozesses, nicht aber solche der gefürchteten Hirnverkalkung waren.

Kunst, hatte er gelernt, geht kompromisslos aufs Ganze.

Ein Anspruch, der ihm so gründlich ins Stammhirn eingeprägt war, dass er ihn bei jeder künstlerischen Arbeit spürte wie einen Stein im Schuh. Da er vor diesem Leitsatz immer wieder versagte, bewirkte der ein dauerhaft schlechtes Gewissen, einen verborgenen Speicher von unfrohen Komplexen. Das Gefühl der Zufriedenheit erlebte er selten. Hatte er Grund für eine seine Psyche erfrischende Freude, so konnte er sich der nur kurzfristig, quasi aus Versehen, hingeben, angesichts des ihn weltweit umgebenden menschlichen und tierischen Elends, das ihn herausfordernd anschrie. Oft genug rügten ihn seine Frau und wohlmeinende Freunde ob dieser, wie sie sagten, *Marotte*, wiesen ihn hin auf sein doch umfangreiches Werk, auf das er stolz sein könne, auch wenn es nur von einer Minderheit der Sachverständigen angemessen gewürdigt werde.

Er selbst war überzeugt, ein Autor der literarischen Bundesliga zu sein, aber er konnte wenig mehr als diese Überzeugung zum Beweis dafür anführen – an seinen poetischen Werken erkannte er doch die Unvollkommenheiten, ihre Vorläufigkeit, ihren Annäherungs-Charakter, verglich er sie mit der ihnen zugrunde liegenden, so ungeheuer komplexen Wirklichkeit, die sie zu begreifen und fassbar zu machen suchten. Bei einigen immerhin, wenn er sie nach Jahren erneut las, erlebte er das Erstaunen davor, dass sie seine eignen waren, dass diese schönen Gedanken, diese Formulierungen und Charaktere, diese treffenden Beschreibungen und Pointen einmal in seinem Kopf gefunden und von seiner Hand niedergeschrieben worden waren.

Wie einen selbsterschaffenen Besitz konnte er sie dennoch nicht wirklich betrachten, weil er sein glanzloses Fronen am Schreibtisch täglich neu erfuhr. Das wahre Genie liege in der Ausdauer, hatte ihm der weimarische Olympier geflüstert, und vielleicht bewährte er in dieser seine Stärke und Kompromisslosigkeit. Nur manchmal war offenbar eine auch den Schweißgeruch liebende Muse vorbeigekommen und hatte ihn geküsst.

Er hielt sich für einen Bergarbeiter, der als Urheber tätig war. Besondere Kennzeichen: keine. Allein das Wort *Urheber*, aufgenommen in höchst bürokratische Gesetzestexte, bewahrte einen Hauch jenes geheimnisumspülten Schöpfungsprozesses, der vergessene Wahrheiten aus dem Vorrat des Vorhandenen, neue Schönheiten aus dem Dunkel des Möglichen schürfte.

Manchmal riet ihm Olga zur Mäßigung seiner Anstrengung, empfahl Entspannung eher als Anspannung, da der Krampf, in den er sich so wohl befördere, eine Perversion von Kraft sei und den Zufluss von Ideen eher absperre als ermögliche. Beim Spazierengehen, Meditieren, im halbwachen Schweifen würden Einfälle ankommen: unerwartet hereinpurzeln.

Selten hatte er solche Glücksmomente erlebt. Schreiben ohne Widerstand schien ihm wie Boxen ins Wasser. Sprache war ihm nicht Klang und Bedeutung, das lockere, allgegenwärtige, handliche Medium, wie es die Geschichtenerzähler benutzten – sie war das selbstverständliche Unbekannte, der geliebte Feind, die geschmeidige Mauer, der bleischwere Sphärenballon. Die Sprache mit ihrer unanfänglichen Herkunft lastete auf seinem Hirn seiner Hand wie die Schwerkraft der Erde, allgegenwärtig. Der Umgang mit ihr ein Kampf ums

Leben, selten ein Spiel, an Fliegen mit ihr nur im Traum zu denken.

Oder sie zeigte sich schlüpfrig, glitschte in ihre Geschichte, verlor ihre Sinne, verwickelte sich mit sich selbst, verwandelte sich aus einer Zange in einen gaukelhaften, tanzenden Falter, der eben hier eben da zu fassen schien und doch nirgends zum Stillstand gelangte zwischen den blühenden Bedeutungen, dem organischen Leben der Wörter. Es war eine Jagd, in der Jäger und Gejagtes kaum unterscheidbar wurden oder bei der Hatz die Eigenschaften die Herrschaft wechselten – wer unterwarf hier wen? Nichts Solides, nur schwammig ungreifbares Moos auf der Wirklichkeit, das er festnageln wollte, was ihn aber überwucherte umschlang aussaugte, bis er seinen zielend suchenden Willen, seine Absicht verlor. Bis zum nächsten Suchbeginn.

Er rang mit seinen Schwächen, den angeborenen wie den angewöhnten, er hasste sie und bekämpfte sie. Das im volkstümlichen Verständnis luftige Dasein des Künstlers war für ihn geprägt durch Leitbegriffe wie Disziplin, Entsagung, Anspruchslosigkeit: Arbeit.

Die Gewerkschaft, der die Schriftsteller angehörten, kämpfte mehr oder weniger fahnenschwenkend um die 35StundenWoche und erwartete seine Solidarität auch für diese Forderung, obwohl die Kollegen Facharbeiter in den Großdruckereien keine Überstunde scheuten, um noch mehr Werbebroschüren und Boulevardblätter auszustoßen, die ihm den Briefkasten und den Lesern die Hirnkästen verstopften.

Er als Gewerkschaftsführer hätte die Forderung aufgestellt, dass fünfzig Prozent der Arbeitszeit im Druckgewerbe im Interesse der Volksbildung auf die Herstellung dauerhafter Literatur verwendet werden müssten, mit jährlicher Steigerungsrate gemäß dem Produktivitätsfortschritt. Dann würde sich die 35StundenWoche erübrigen, weil jeder gern länger an der Herstellung von sinnvollen Kunstwerken mitgewirkt hätte. So wie er sechzig oder siebzig Stunden am Schreibtisch für solche lebte und – paradoxerweise – doch irgendwie lustvoll. Trotz der Fron. Da aber in demokratischen Organisationen kein Minderheitenschutz vorgesehen war, wurden Schriftsteller mit ihren zukunftsträchtigen Vorschlägen auch in ihrer Gewerkschaft mit väterlichem Lächeln überhört.

Ein Tag ohne Arbeit mit Bleistift Schreibmaschine Computer war für ihn weniger als fad: Luft. Ungelebt. Von dem blieb nichts als ein leeres Netz, durch das der Wind ging. Eine Art Manie. Schreibkrankheit, der medizinischen Forschung nur noch nicht aufgefallen, wegen der statistisch geringen Zahl der Befallenen und des selten letalen Ausgangs. *Write-a-holic?*

Er besuchte Cafés. Im Unterschied zu den modischen Bistros waren sie ihm deshalb teuer, weil sie Kuchen zur Verfügung hielten. Er konnte auf vieles verzichten – das Bedürfnis nach einem Stück Kuchen am Nachmittag, zusammen mit bittrem Milchkaffee, war fast unwiderstehlich. Oft nahm er erhebliche Mühe auf sich, diesem Gelüst nachzukommen. In der eignen Wohnung fand sich normalerweise kein Kuchen. Auch der nächstgelegene Bäcker lieferte nur minderwertige Qualität, die für seinen entwickelten Geschmack so wenig infrage kam wie ein lausiges Gedicht. War hinreichend raffinierter Kuchen von einem Konditor besorgt, so sollte der Verzehr nicht nebenbei geschehen, etwa um krude den Süßigkeitsbedarf zu stillen, sondern er benötigte ein gewisses Zeremoniell, damit der Genuss sich angemessen entfalten und seine befriedigende Wirkung ausüben konnte. Die Ästhetik der NussSahnetorte ist, im Unterschied zu der des Sonetts, verzehrbar, aber sie braucht das geeignete Ambiente, um aufscheinen zu können. Mithin musste der Kaffeetisch gedeckt und eine Komplizin herangezogen werden, mit der ein Gespräch über die Qualität des Gebäcks und Fragen von ähnlichem Belang geführt werden konnte. Von seiner eigentlichen Arbeit war dabei nicht die Rede.

Im Café war ihm zur Torte eine Tageszeitung Gesellschafterin. Ein Abonnement versagte er sich, seit er an dem Epochenstück arbeitete, trotz verschiedener Anschläge führender deutscher Zeitungen, ihn durch ein kostenloses Probeabonnement zum literarischen Verstummen zu bringen. Jeder dieser Versuche hatte nur seine Erfahrung erhärtet, dass eine morgens ins Haus gebrachte Zeitung ihn unwiderstehlich von der Arbeit wegzog und ihm den Kopf mit bleichen Nachrichten abfüllte. Im Café war seine Lektürezeit begrenzt, länger als eine Stunde hielt er es dort selten aus, weshalb er die Zeitung zwar mit sprungbereitem Ekel, aber doch einer gewissen Neugier las. Er widmete sich vor allem der letzten Seite mit den anekdotischen Allerweltsberichten, die noch am meisten konkreten Wirklichkeitsstoff enthielten, erst danach dem politischen Teil.

Die provinziellen Lokalberichte nahm er kaum wahr. Als Autor mit landesweitem Wirkungsanspruch verabscheute er den unerschöpflichen Wimmelkosmos der Personalien Intrigen Vergnügungen Durchstechereien seiner Wohnstadt und empfand eher Stolz als Scham, bei Treffen mit Kollegen oder Freunden uninformiert fragen zu müssen, wenn über städtische Haupt- und Staatsaktionen die Rede ging. Kein Heimatschriftsteller, kein Lokalmatador, das muss klar sein. Lud ihn der Oberbürgermeister durch einen seiner KulturSchranzen zu einer Festveranstaltung ein, so registrierte er zwar zufrieden, als zu beachtende Persönlichkeit erkannt zu sein, rang sich wohl auch seufzend eine Zusage ab, aber war sich dann doch zu schade, die Versammlung der Eitelkeiten durch seine Gegenwart aufzuwerten.

Auf den politischen Seiten fand er bei seiner Zeitungslektüre zwar selten Nachrichten oder Kommentare, dic seinen Wünschen an die Welt entsprachen, aber die hier versammelten Sensationen stammten aus Bereichen, denen seine Anteilnahme gehörte. Als erbitterter oder schaudernder Zuschauer nahm er das globale Theater wahr. Meist allerdings erfüllte ihn die flache, hingehuschte, verdummte und verdummende Sprache ihrer Skribenten mit Verachtung. Das floskelglatte Hinwegschreiben über die Oberflächen der Ereignisse, die sinnentleerten, ausgeleierten, oft verlogenen Worthülsen des politischen Jargons, von denen die meisten aktuellen Artikel und Berichte strotzten, beleidigten ihn wie ein Angebot von McHamburgern mit Fritten plus Ketchup und Cola aus Pappe. Die wirkende, die wahre Welt wurde verheimlicht im Geklingel der Wörter.

Trotz seiner trainierten Phantasie und gegen vielfache Erfahrung konnte er sich die Menschen nicht als unheilbar böse vorstellen. Vielmehr lockten sie, glaubte er, die erbärmlichen Umstände ihrer Leben eher unfreiwillig in die Abgründe der Verbrechen, die sie begingen. Er war deshalb immer wieder neu überrascht von den jeweils jüngsten Gräueltaten der sechsmilliardenfach verbreiteten herrschenden Gattung, an deren Konterfei er – in selbsterteiltem Auftrag – arbeitete. Die Menschheit bemühte sich unablässig, den verbohrten Widerstand leistenden Dichter davon zu überzeugen, dass sie durchaus und gerade auch in ihren intelligenteren Vertretern zu den großartigsten Abscheulichkeiten fähig und entschlossen war. Shakespeare und Konsorten hatten diesen Sachverhalt in klassischen Zeiten beschrieben. Da er selbst keinerlei Neigung zu aktiven und bewussten Bosheiten gegen andre in sich oder bei seinen Freunden fand, führte er die Zunahme berichteter Verbrechen auf die Sensationsbedürfnisse, die Schauderlüste gelangweilter Spießbürger und der sie bedienenden Medien zurück. In Wirklichkeit, hatte er beschlossen, musste es sich um atavistische Überbleibsel vergangener Epochen der Phylogenese handeln, aufgebauscht im Interesse von Einschaltquoten und Auflagensteigerung. Oder waren die Horrorberichte sogar gedacht, im Interesse des herrschsüchtigen Kapitals, alle veränderungswilligen Personen oder Gruppen als blauäugige Gutmenschen zu verscheißen und den Massen den Irrglauben an die ewige Wiederkehr des schlimmen Gleichen einzuimpfen? Unleugbar die schrecklichen Launen der Natur, die Nero, Tamerlan, Pizarro, die Eichmann, Pol Pot, Stalin, Truman, Hitler, deren AllmachtsRäusche sich mit Tausenden blutiger Hände oder durch einen Knopfdruck verwirklicht hatten, aber diese Exzesse wollten ihm doch immer als Rückfälle, als Entgleisungen des zivilisierten Humanismus erscheinen, der rechtlich geschützt in Europa vorherrscht und in der *Charta der Menschenrechte* beispielgebend niedergelegt ist.

Als willfährige Mittäter oder Zyniker erschienen ihm die Schriftsteller, die in den Macht- und Mord-Exzessen der regierenden und privaten Kriminellen ihre literarischen Anregungen fanden, sensationsgeil wie Dreigroschenbubis. Sie schrieben als freiwillige Voyeure menschlicher Verirrungen für die Gruselgier ihrer gebildeten Kundschaft die hundertfünfundvierzigste *Macbeth*Version, den siebenundachtzigsten Abklatsch der *Medea*Tragödie. Dass sie in den Labyrinthen der menschlichen Triebe forschten, um weiteres Unheil durch Beschreibung zu bannen, wie manche behaupteten, schien ihm eine ebenso vorgeschobene Rechtfertigung wie die Schnörkel des Abscheus, mit denen sie ihre Schwarzmalereien scheinheilig verzierten. Die

Schwemme der wohlfeilen Krimischmöker sprach für ihn Bände. Deren Schreiber gaben nicht dem Leid ihre Stimme, sondern fütterten die sadistische Lust ihrer Leser. Sie führten die Höllenhunde der menschlichen Zivilisation auf den Boulevards spazieren wie Zuhälter ihre Bullterrier.

Er war zu zäh in seinem Überlebensinstinkt, wollte nicht Gefäß sein für die Blumen des Bösen.

Mit gespaltenen Gefühlen reagierte er beim Lesen des Feuilletons. Er wollte und musste im Bilde sein über die wichtigeren Vorgänge in der deutschen Literaturöffentlichkeit, aber die Berichte Rezensionen Aufsätze und Debatten aus der Kulturszene setzten ihm zu, machten ihn aggressiv und elend.

Ein Auslöser von Verunsicherung waren die Kritiken über literarische Neuerscheinungen und Uraufführungen andrer Autoren. Zwischen den Zeilen las er unmissverständlich die ärgerliche Botschaft, dass sie es schon wieder geschafft hatten, ein modisches Pflänzchen aufzupäppeln und zu verkaufen, während er an seinem Epochenstück nagte und feilte, ohne dass ein Schwein guckte. Im Hintergrund seines Bewusstseins lauerte die Erfahrung, dass seine früheren Arbeiten ohne Fürsprecher und halbseitige Verlagsanzeigen auf dem Geistermarkt erschienen waren, im Vertrauen auf ihre Stärke dank genauer Wirklichkeitsforschung und sorgfältiger sprachlicher Verdichtung, dass aber bis auf wenige Freunde alle angestellten Schmähschreiber vor dieser Herausforderung versagt, nämlich nicht einmal versucht hatten, die vielschichtigen Gebäude seiner Werke überhaupt zu betreten, ihre

Architektonik zu ergründen oder wenigstens intuitiv zu verstehen. Ein paar durchgerutschte Fehler genügten denen als Anlass, seinen prächtigen Bau verbal zu vernichten. Klar. Ihnen missfiel sein Baumaterial.

Naiv hatte er einem der Mogule einen Brief höflicher Entrüstung geschrieben, in der Eile des kritischen Geschäfts sei jenem wohl das Entscheidende entgangen, worauf er hiermit doch hinzuweisen sich erlaube. Artig hatte er dem Thersites erklärt, was der nicht kapieren wollte. Die Scham ob seiner unterwürfigen, lächerlichen Reaktion trieb ihn dann länger um als der Verriss. Sie hatte dem hochnäsigen Abkanzler nur verraten, wie verletzlich er war und wie wenig er verstand von den Trinkgewohnheiten der Vampire. Er konnte noch froh sein, dass der ihn gnädig vor weiterer Blamage bewahrt hatte, indem er seine Selbstrechtfertigung nicht als Leserbrief veröffentlichen ließ.

Nicht mal im Traum – lautete sein RütliSchwur – wollte er ihnen noch Beachtung gewähren, und erst recht nicht lesen, was sie sich über sein Epochenstück aus den Nägeln knabbern würden. Unter ihnen war ausgemacht, in welche Schublade er gehörte. Da konnte er schreiben, was er wollte – sie würden in ihren früheren Rezensionen nachlesen und nur nach Bestätigung ihrer einmal gefassten Urteile Ausschau halten, die ihm wie ein Brandmal anhafteten.

Ungläubig erstaunt bemerkte er allerdings, mit welcher mimosischen Empfindlichkeit Autoren, deren Namen in den deutschen Literaturgeschichten des 20. Jahrhunderts und in Schulbüchern fest verankert waren, auf eine Kritik ihrer jeweils neuesten Veröffentlichung reagierten. Obwohl sie mit Sicherheit über hinreichende Einkünfte aus den Tantiemen ihrer früheren Werke verfügten und daher einen Absatzrückgang ganz gut verschmerzen konnten, waren sie – den durchsickernden Gerüchten zufolge – in einer Weise verunsichert, als seien sie durch den Liebesentzug eines Kritikers an den Rand des literarischen Ruins gebracht. Überraschenderweise war keiner und keine von ihnen gefeit gegen solche psychischen Zusammenbrüche, als wäre ihnen ihre einmal erlangte Anerkennung vom Weltgeist unwiderruflich auf Lebenszeit garantiert – wie den Richtern ihre Würde, im Namen des Volkes zu urteilen.

Obwohl er die absolute Unzuverlässigkeit der Rezensenten bei der Einschätzung neuer Werke am eignen Text und Herzblut kennengelernt hatte, beruhigten ihn Verrisse der Neuerscheinungen andrer dennoch. Sie hinterließen das erleichternde Gefühl, dass zumindest die hier zerpflückte Arbeit erst mal keine ernsthafte Konkurrenz bilden werde. Auch Genugtuung mischte sich ein, weil der Kollege, die Autorin, nicht besser von der Kritik behandelt wurde als er selbst. Ruhmredige Empfehlungen dagegen, im Stil des *Hinreißend! Wunderbar! Unbedingt lesen!* brachten für ihn den Rezensenten in Totalverschiss. Hinreichend bekannt war ihm, dass es symbiotische Beziehungen zwischen kapitalstarken Verlagen und Kritikerpäpsten gibt, die im Interesse des für ihre Zeitungen wichtigen Anzeigengeschäfts zum Hochjubeln einzelner Autoren führen. Bei der Erzeugung von Bestsellern mischten viele mafiöse Köpfe in vorgeblich lesefördernder Absicht mit.

Nachrufe bewirkten bei ihm – neben dem Bedauern über den Verlust des zu früh verstorbnen Menschen – den Gedanken, dass der beklagenswerte Verewigte nun zumindest keine weiteren Werke auf den überfüllten Markt drängen und Aufmerksamkeit auf sich ziehen werde. Er verurteilte allerdings solch eigensüchtige Häme als unwürdige Verirrung angesichts des verdienstvollen Toten.

Verdrießlich stimmten ihn die Debatten in den geleitzugführenden Feuilletons, an denen die bekannteren Autoren, ihren pawlowschen Reflexen folgend, teilnahmen, während er schon lange nicht mehr nach seiner Meinung gefragt wurde, weil er sich aus den publizistischen Schaukämpfen vor Jahren stillschweigend verabschiedet hatte. Die kenntnistriefende Eitelkeit und Selbstverliebtheit, die sich in den Beiträgen der Leitkühe und Platzhirsche spreizte, hatte ihn abgehalten, sich mit dem Gestus des *Ich hab aber auch was zu sagen!* an den intellektuellen Scharaden zu beteiligen. Selten wurde er verführt, im Café ein solches Prachtstück verstohlen aus der Zeitung herauszureißen und für sein Archiv in der Jackentasche verschwinden zu lassen.

Er konnte nicht ganz übersehen, dass von den buffonesken Gedankenmärkten Wirkungen auf das kulturelle Klima des Landes ausgingen, welche die vorherrschenden Verständigungsmuster, die Ausschmückung der sozialen Gegebenheiten lieferten, denen er sich, wie protestierend auch immer, anpassen musste. Doch wehte ihn aus den über die Jahre seines Lebens archivierten Feuilletons auch der verstörende (oder gereifte?) Verdacht an, dass alle individuellen Beiträge und Anstrengungen über kurz oder lang aufgelöst, bis zur Unkenntlichkeit verrührt wurden im brodelnden Schmelztiegel der deutschsprachigen Sektion des Weltgeistes und dass es auf seine Leistung wahrscheinlich so wenig ankomme wie auf die einzelne Frucht im Pflaumenmus.

Das Frönen im Café unter Mitwirkung von Kaffee, Kuchen und einer Gazette hatte er irgendwann durchschaut (und gebilligt?) als Ausdruck seiner unterschwelligen Neigung zum Genussmenschen. Oder war es doch eine offenbare, kaum notdürftig bemäntelte Vergnügungssucht? Waren die dominanten preußischen Begleiterscheinungen seiner Berufstätigkeit mehr als Notbehelf oder Vorwand mühsam aufrechterhalten, um seiner eigentlichen Veranlagung zum Spieljungen, auf Befehl eines unerkannten ÜberIchs, entgegenzuwirken? Warum diese Lust, sich in die Sonne zu legen und an Wärme zu besaufen? Einen halben Tag lang dösig schwitzend in der Sauna zu verbringen? Nackt von einem Berggipfel in die Ferne zu schaun und einen goldschimmernden Bogen in den Abgrund zu pinkeln? Barfuß über Wiesen zu streunen und Wildblumen für den eignen Schreibtisch zu pflücken?

NeunstundenFron als Werkstudent in einer Fabrikhalle, jahrelang. Mittags dreißig Minuten Hofgang in die Frühlingssonne unter der Kranbahn, mit Schweißern Fließbandmädeln und gelbem Löwenzahn in Pflasterritzen, das war damals zwischen zwei Sirenensignalen die einzige Seelenerquickung des Wochentags. Da war dem Poeten zwischen den Proleten das Zwitschern vergangen. Abends das Hirn ausgedörrt und Muskelschrott ums zermürbte Gerippe. War diese Erfahrung der Anstoß zum freiberuflichen Taugenichts?

Ferienreisen, Urlaubsziele, Touristenstrände – fremde Vokabeln, seit die Kinder aus dem Haus waren. Aber doch oft unterwegs, manchmal in den Ferien mit Olga, meist jedoch solo – Alicante, Montevideo, Toronto: Schriftsteller-Delegationen, Kongressbesuche, Studienaufenthalte, Reisestipendien. Er musste niemand um Urlaub bitten. Der Segeltörn im Mittelmeer auf der Jacht des Steuerberaters – Erfahrungssammlung im Privatleben eines MiniaturKapitalisten? Oder Befriedigung der heimlichen Luxusbedürfnisse? Das weinselige Dinner im Drei-Sterne-Restaurant mit dem Klinikchef – Fachinformation über Hirnforschung oder der verkappte Gargantua schlemmend am Tisch des WeißkittelFürsten? Die nicht gezählten Studien der weiblichen Mentalitäten und Körper – Vervollständigung seiner literaturbezogenen Materialsammlung oder der liebeshungrige Don Juan unterwegs mit dem romantischen Joystick?

Vielleicht, argwöhnte er an ichschwachen Tagen, war er ein stark unterfinanzierter Wollüstling, der sich in der ehrenwerten Tarnung des armen Poeten vor sich selbst versteckte? Ein Strichjunge der überflüssigen Gesellschaft, der bei geschenkter Gelegenheit gern sich was gönnen ließ, raffiniert gespickten Rehbraten zum Beispiel mit zugehörigem Bordeaux (Chateau Peyrefitte) und Armagnac zur Montecristo. Derartige Angebote gehobener Lukullik konnten ihn skrupellos zeigen lassen, dass sein Sachverstand sich nicht nur auf Literatur erstreckte. Das kalte Bufett beim Empfang des Senats für den PEN-Kongress hatte ihm die beruhigende Bestätigung gebracht, dass selbst üppig ausgepreiste Autoren einer solchen Herausforderung nicht gelassen abwartend begegnen konnten. Also lag er nicht falsch, wenn er die ihm nur selten gebotenen Gelegenheiten dieser Art als Unterstützung, als Treibstoff der Imagination, als Naturaldeputat für seine kunstvollen Abgaben an die Gesellschaft entgegennahm. Oder aber als Trost, als Seelenbalsam, wenn ihre Missachtung in Rede stand. Kein Mangel an berufsbedingten Begründungen.

Doch nein: Sein eignes Handeln und sogar sein bewusstes Unterlassen gehörten zur Weltwirklichkeit, waren also Stoff seiner Beobachtung und literarischen Bearbeitung. Der ihm nächstliegende sogar, der ihm im Unterschied zu entfernteren Studienfeldern kostenlos zur Verfügung stand. Im Grunde war er pausenlos unter Beobachtung, verfolgte, beargwöhnte, beschimpfte und bewunderte sich, war sein eigner Detektiv, unfähig, ein unreflektiertes JedermannsLeben zu führen. Auch in den erregendsten Liebesminuten war er mehr potentielles Gedicht als aktueller Mann (vielleicht machte die Hoffnung der Damen, als Gretchen, Julia oder Lulu in Literatur verwandelt zu werden, ihn erst verführerisch als Liebhaber?). Unentschieden blieb, ob er selber lebte oder nur als Statthalter zukünftiger Figuren seines literarischen Werks gespielt wurde.

In seinem Verhalten zum Finanzamt schien ein gewisses Eigenverständnis seiner Situation durch. Er galt den Beamten, wie alle freischaffenden Künstler, als Unternehmer. Das erlaubte ihm, berufsbezogene Ausgaben von seinen Einnahmen abzuziehen, ehe sein steuerlich zu veranlagendes Jahreseinkommen errechnet wurde. Er wusste, dass die echten Bosse ausgedehnten Gebrauch von dieser staatlich bewilligten Möglichkeit machen, umweltschädliche Luxuskarossen wie Bordellbesuche mit Geschäftsfreunden als Betriebskosten abzusetzen. Er kritisierte derartige Usancen zu Lasten der ehrlichen kleinen Steuerzahler mit Abscheu. Selbst aber sammelte er Quittungen für Abendessen mit Frau und Freunden ebenso wie jene über Studienreisen nach Sizilien und Weinkäufe für den eignen Keller. Er nutzte sie so in der Steuererklärung, dass sein Einkommen niedrig blieb, in manchen Jahren sogar unter die Veranlagungsgrenze sank. Offenbar in der unausgesprochenen Erkenntnis, dass er als Schriftsteller Unternehmer seiner selbst war und folglich seine Lebenskosten als Betriebsausgaben verstanden und fiskalisch berücksichtigt werden mussten.

Die Aufgabe hatte er sich vor vier oder fünf Jahren gestellt. Die Idee war ihm zugewachsen, bei ihm angekommen, irgendwie in den achtziger Jahren war sie entstanden, und Anfang der neunziger, nach dem Zusammenbruch der Hoffnungen auf die allmähliche Entwicklung ausbeutungsfreier Gesellschaften, hatte er sie als solche erkannt und sich angeeignet.

In einem Satz: Ein Stück Welttheater war zu schreiben, das Epochenstück. Es musste ein Drama werden, das die Summe seiner Lebenserfahrung nach dem letzten Weltkrieg als eines bewusst in seiner Zeit lebenden Europäers darstellte, episch breit und doch auf Höhepunkte zugespitzt, wie sie in der Nachkriegsgeschichte sich deutlich abzeichneten und mit denen seiner eignen Erkenntnisse zusammenfielen. Die Fieberkurve des Kalten Kriegs auf dem europäischen Kontinent war jedenfalls, rückblickend betrachtet, fast deckungsgleich mit der seiner persönlichen Gefühlserfahrungen und Einsichten – was ihn in der Hoffnung bestärkt hatte, in der literarischen Verbindung beider eine individuell beglaubigte gültige Aussage über die kollektive Erfahrung der Epoche und damit ein nicht leicht vergessbares Zeugnis seiner außergewöhnlichen Begabung liefern zu können. Der Hausdichter aller Deutschen hatte vierzig Jahre an seinem *Faust II* gebastelt und die Wissensschätze des Abendlands für sein eignes epochales Museum geplündert. Aber der *Orlando furioso* des Italieners Ariost, der in drei Stunden durch das neunte Jahrhundert Karls des Großen wirbelt oder der phantastisch-surrealistische *König Ubu* des Alfred Jarry, Vorredner aller kleinbürgerlichen Diktatoren der Neuzeit, zeigten ihm, dass einer nicht unbedingt Götter- oder Fürstenliebling sein musste, sich an ein solch grundlegendes Werk zu wagen.

Es gab auch persönliche Präzedenzfälle. Nach seinem großartig konzipierten und großartig gescheiterten Totaltheater hatte er noch unbeirrt für eine freie Theatertruppe ein am *Orlando* orientiertes Welttheater mit einem grotesken Heroenpaar zu schreiben begonnen und in praktischem Austausch mit den Spielern erprobt.

In der Vorbereitungsphase, als die Ideen noch in den Köpfen hausten, eine lustvolle Zusammenarbeit. Bei der Übersetzung in die Bühnenwirklichkeit zeigten sich die begrenzten Mittel der Schauspieler und des Regisseurs, ihre antiautoritär verkleidete Unfähigkeit zu disziplinierten Proben, ihre Untauglichkeit zur kongenialen Umsetzung seiner Entwürfe. Auch dieses großgedachte Unternehmen war daran gescheitert, dass er nicht die richtigen, die ebenbürtigen Künstler gefunden hatte, mit denen er sein Projekt realisieren konnte. Der junge Brecht hatte mehr Glück gehabt bei der Auswahl seiner Mitarbeiter, in München: Caspar Neher, Karl Valentin, Arnolt Bronnen, Otto Falckenberg, wahre Talente! Er vermied den Gedanken, vielleicht nur solche Köpfe an sich gebunden, für seine Arbeit interessiert zu haben, die seiner Begabung entsprachen. Die Erinnerung an jenes Jahr voller herausfordernder Hoffnungen und schneidender Enttäuschungen inspirierte noch nach Jahrzehnten seine Nebennieren zur Ausschüttung erheblicher Dosen von Adrenalin.

Er hat nichts als ein paar Dutzend Bücher und brauchbare Möbel von den verarmten Eltern geerbt. Vermögende Frauen sind ihm nicht über den Lebensweg gelaufen. Seine beiden leiblichen Kinder sollen hundertfünfzigtausend Mark pro Kopf bis zur Selbstständigkeit gekostet haben, laut statistischem Bundesamt. So viel hat er nie verdient. Seinen Traum haben sie nicht erwürgt. Sie wurden von Müttern geboren, die ihn entlastet haben, warum weiß er eigentlich nicht, vielleicht aus Liebe. Oder haben sie an seine Berufung geglaubt, die Gesellschaft zu bessern für die Zukunft ihrer Kinder? Es gibt Rechtsanwältinnen, die Mörder aus dem Zuchthaus befrein.

Er hat nach seinen Bedingungen arbeiten können. Literatur und literaturverwandte Erzeugnisse haben ihn ernährt gekleidet behaust. Die Kompromisse, zu denen er gezwungen war, lagen im Rahmen unabweisbarer sozialer Anforderungen. Seine Bettelbriefe hat er in einer Form zu verfassen gelernt, die sie als Ausdruck überpersönlicher Interessen kenntlich machten und seinem Stolz Überlebenschancen ließen. Vergleicht er seinen Besitz mit dem Einkommen der erfolgverwöhnten Kollegen (aus ihren Veröffentlichungen kann er ihre Einkünfte schätzen), so fühlt er sich als armer Schlucker, der immer noch überlegt, ob er sich zwei oder drei Biere am Abend genehmigen darf.

Er spart Wasser Strom und Tüten nicht erst, seit es die ökologische Rechtfertigung dafür gibt. Er wundert sich über die Chuzpe, mit der die literarischen Großsprecher ihm gewaltig erscheinende Ansprüche stellen und durchsetzen, Preise einstreichen und zugleich die desolate Situation der deutschen Schriftsteller wortreich anprangern, aber er kann bei solchen Klageliedern nicht mitsingen. Er glaubt weiter, dass Dichter besser arm sind. Wenn Gewerkschaft und Bühnenverleger mit den Intendanten um höhere Tantiemen für die Theaterautoren streiten, findet er das schon in Ordnung, will aber eigentlich lieber nicht mit schuld sein an den für Normalverdiener unerschwinglichen Preisen der Eintrittskarten.

Er sah sich um unter den Kollegen der unlängst, wie es hieß: selbstständig gewordenen Länder, hörte ihre Berichte auf Kongressen, zu denen sie nun eingeladen wurden, und schauderte: Die Bedingungen, unter denen sie arbeiten mussten, glichen den europäischen des siebzehnten Jahrhunderts. Isoliert, oft verfolgt, mittellos, ohne soziale Bildungseinrichtungen Verlage Buchhandlungen, vor einem weitgehend illiteraten, literaturunkundigen Publikum, waren sie verdammt, in der Kolonialsprache zu schreiben, um vielleicht in Europa gedruckt zu werden. Während ihr Volk wehrlos den keine nationale Souveränität achtenden Angriffen der Satellitentechnik und Kurzwellensender ausgeliefert war, mussten sie versuchen, ihre eingeborene Sprache literaturfähig zu machen. Beschämend wenig, über seine Sympathie hinaus, konnte er tun, ihre Lage zu bessern. Gern würde er auf Tantiemen für seine Bücher und Stücke verzichten, würden sie je in Sprachen der ihrer Kulturen und Reichtümer beraubten Völker übersetzt.

Als ein nordafrikanischer Kollege, der in seiner Heimat einer tödlich gemeinten Kugel nur zufällig entgangen war, anfragte, ob er bei ihm in einer Kammer schlafen könne, ein paar Tage, bis sein Asylantrag entschieden sei, konnte er sich nicht entschließen, ihn aufzunehmen. Nicht dass er Komplikationen zwischen seiner besonnenen Frau und dem gutaussehenden Maghrebiner befürchtet hätte – sie dachte spontan an französische Konversationsübungen – und in seinem selten genutzten Computerzimmer war tatsächlich eine Schlafgelegenheit für Gäste vorhanden. Ein fremder Mensch aber in seiner sorgfältig ausbalancierten WohnArbeitsstätte mit womöglich ganz uneuropäischen Lebensgewohnheiten hätte einen Eingriff in seine Arbeitsverhältnisse bedeutet, den er nicht einfach so nebenbei zulassen konnte. Es ging nicht um seine Bequemlichkeit. Es war aber abzusehn, dass der junge Kollege kein Verständnis haben würde für seine heiklen Schaffensprobleme – bei den sozialen Umständen, aus denen er geflohen war, mussten sie ihm als Probleme fast unerkennbar sein und eine Rücksichtnahme war nicht zu erwarten. Für ein, zwei Wochen hätte er die Beeinträchtigung natürlich in Kauf genommen, aber da die deutschen Behörden, wie immer wieder zu lesen war, den Asylbewerbern fast unüberwindliche Schwierigkeiten bei der Aufnahme bereiteten, war nicht vorauszusagen, wann er wieder ausziehen könnte. Ein unkalkulierbares Risiko. Er wandte einen kompletten Arbeitstag daran herumzutelefonieren und begleitete den Kollegen zum Sozialamt, zur Caritas, zum Wohnungsamt, zum Ausländeramt und schließlich wurde zumindest ein vorläufiger kostenloser Schlafplatz in einem Ausländerwohnheim gefunden. So, schien seinem strauchelnden Gewissen, konnte er dem Verfolgten doch weiterhelfen.

Er wähnt sich freier als jene durch ihre Kämpfe nur zum Schein befreiten Kollegen und findet sich beschäftigt mit der Vergoldung des Käfigs, der ihn selbst gefangen hält. Es ist eine schöne saubere Beschäftigung, die Verarbeitung des Drecks der Gesellschaft zu Edelmetall. Nur in lichten Momenten überfällt ihn die Einsicht, dass auch er nicht Herr seiner selbst, sondern in Haft und ein Spießgeselle der Sklavenhalter ist. Dann wünscht er sich die unmissverständlichen Gegensätze, zwischen denen jene Unterdrückten zu wählen haben, wenn ihr Gewissen sie fragt, wem sie ihre Seele verkaufen.

Das bleibt zu sagen. Wem? Er ist allein mit dem Weltgeist. Und der ist ins Taumeln geraten.

Dass in einer überraschenden Wendung der Geschichte aus der gegebenen Machtverteilung ein neues, gerechteres Miteinander der Menschen hervortreten könnte, auch ein wohltätiges Leben und Wirtschaften mit der Natur statt von ihr, hält er am Ende des zweiten abendländischen Jahrtausends für eine so notwendige wie realistische Utopie.

In seinen brausenden Entwicklungsjahren hatte er ausgeschlossen, die Dreißig lebend zu überschreiten. Büchner, Kleist, Mozart hatten bis dahin alles Nötige geschafft. Mit vierzig hatte er befürwortet, der Zunft die allgemeine Rentenversicherung zu öffnen. Mit fünfzig war er froh, sich dort eingekauft zu haben. Doch das Werk, das er zu hinterlassen gedenkt, ist noch immer im Entstehen. Alles bisherige Leben: Vorarbeit, Forschung, Sammlung. Er wird ein zweites benötigen, um das gegenwärtige ins Licht zu heben. Nicht abgeschlossen ist die Reifung seiner poetischen Mittel, der EpochenTragödie die gültige, die dauerhafte Sprachgestalt zu verleihen.

Quälend, unerträglich im Grunde, das Auseinanderklaffen, die Unvereinbarkeit von Wirklichkeit und Kunst. Wie unbekümmert, selbsttätig und komplex leben sich die aufregendsten, folgenreichsten Situationen Vorgänge Entwicklungen – wie ächzend und unscharf humpelt denen seine modellierende, festsetzende Sprache hinterher.

Vielleicht dass Cäsaren und Napoleone der Kunst entschlossener und entscheidender die überall herumliegenden gordischen Verwicklungen von Welt und Sprache durchtrennen könnten, nicht die selbstkritischen Zweifler. Vielleicht ist die Aufgabe unerfüllbar, für ihn oder an sich. Vielleicht hat er sie so groß gestellt, damit er an ihr scheitern kann. Schöpfe den Ozean aus, Dichter! Nagle den Fels an den Gipfel, Sisyphos!

Unmöglich aber, das Epochenstück aufzugeben, da es das Leben ist, an dem er noch hängt. Traumhafte, zukunftsträchtige Szenen stehen bereits auf Papier als Versprechen einer wirklichen Vollendung.

Er muss nur weiter daran arbeiten und den Argwohn verdrängen, dass der Fels ihn schon in die Tiefe gerissen begraben hat.

Der Mond schwimmt rund wie sein Name durch das schwarze Geviert des Fensters. Hängt einfach rum da oben. Erstaunlich. Unaufhaltsame Instanz, nach menschlichem Ermessen. Irgendwo, tief versunken hinter den Horizont, treibt auch der Zentralstern sein strahlendes Wesen, sonst wär der Kerl nicht so schneeweiß.

Er beschließt, auf seiner Couch zu schlafen. Dann wird ihn die Morgensonne wecken, mit dem staubfreien, frischgeputzten Licht ihres jungen Tags.

Erasmus Schöfer
Die Kinder des Sisyfos

Ein gewaltiges literarisches Unternehmen ist in diesem Herbst zu einem Abschluss gekommen: Der westdeutsche Schriftsteller Erasmus Schöfer hat seine mehr als zweitausend Seiten umfassende Tetralogie »Die Kinder des Sisyfos« beendet. Das Werk erhebt den Anspruch, die Geschichte der westdeutschen Linken von den Zeiten des Aufbruchs 1968 bis zum Niedergang 1989 zu schreiben. Ein parteiisches Buch, auf der Seite der organisierten Arbeiter, der Kommunisten, der Gewerkschafter, der kämpfenden Gewerkschafter, nicht der Funktionäre. Ein kämpferisches Werk, mit einem kraftvollen Glauben daran, dass Literatur die Lebensverhältnisse der Menschen verändern kann. Und nicht die eigenen Lebensverhältnisse vor allem, sondern die einer solidarischen Gesellschaft.

Volker Weidermann

Frankfurter Allgemeine Sonntagszeitung

Alle 4 Bände
(auch einzeln lieferbar)
zum Sonderpreis
von nur € 77,00

www.dittrich-verlag.de